그럭저럭
인생

마흔 살을 위로합니다

그럭저럭 인생

최창민
에세이

"나의 삶을 위안하고, 우리의 삶을 위로하고 싶다."

경상도 시골에서 태어나 서울시청, 국회에서 일하기까지!
마흔 중반, 사소하지만 삶을 견디고 자존감을 유지하는 방식

바른북스

들어가며

　20대 후반부터 15년 일했다. 내 생애, 일할 수 있는 시간 중 절반을 썼다. 질풍노도와 우여곡절을 겪었다. 어떨 땐 희망과 벅참을, 또 다를 땐 절망과 막막함을 느꼈다. 기쁨에 날뛰기도 했고, 두려움에 울기도 했다. 돌아보면 비탈길과 골짜기, 평지, 흙탕길, 포장도로를 고루 걸었다. 생각하면 모든 걸로 미소 짓게 된다. 잘한 것도, 못한 것도 모두 '나'이기 때문이다.

　일은 삶의 일부분이다. 일로 돈을 벌고 경력을 쌓고 관계를 맺었다. 일해서 밥벌이를 했고 약간은 저축했다. 유·무형의 자원을 축적했고 지금 내가 됐다. 돈을 받는 일이 많았지만, 받지 않고 활동한 적도 있다. 오히려 돈 받지 않는 활동이 더 재밌었다. 스스로 자원해서 무언가 한다는 것은 즐거운 일이다.

　삶을 꾸려나가면서, 무엇보다 마음이 중요하다는 걸 느꼈다. 마음이 가장 중요하다. 왜 일을 하는지, 무엇을 위해 일을 하는지,

내가 정말 원해서 하는 것인지, 나의 진짜 욕망은 무엇인지. 나에게 묻고 또 물었다. 대답이 간명할 때도 있었고, 시원찮을 때도 있었다. 사실 잘 모르는 경우가 더 많았다. 상황에 따라 달랐고, 마음 상태에 따라서도 천차만별이었다. 그럴 때마다 아, 내 마음이 가장 중요한 거구나, 차츰 알아차렸다.

돈을 벌기 위해, 잘 보이기 위해, 능력을 쌓기 위해, 이직을 위해, 살아남기 위해, 오늘을 위해. 때로는 가치를 위해, 공익을 위해, 타인을 위해, 가족을 위해, 미래를 위해 살았다. 나의 언어로 현실과 이상을 적절히 균형 잡아 살기 위한 고군분투였다. 마음을 제대로 알았을 땐 행복했지만, 마음을 모르고 상황에 이끌려 갔을 땐 불행했다. 모두 마음에 달려 있었다.

나는 국회 보좌관, 서울시 공무원, 공적 기관 직원으로 일했다. 일하고 활동하면서 만난 사람과 나, 나의 마음에 관한 이야기를 풀어보고 싶다. 삶을 어떻게 견뎠고 마음은 어떻게 다독였는지, 자존감을 어떻게 유지했는지 공유하고 싶다. 나의 삶을 위안 삼고, 우리의 삶을 위로하는 글이 됐으면 좋겠다. 위로가 미래의 단단한 근육이 됐으면 한다.

글을 꾸미지 않았다. 경험을 부풀리지 않았다. 담담하고 담백하게 쓰기 위해 노력했다.

자전적인 글이다 보니 직업적인 경험과 사람에 관한 에피소드, 정책과 선거 때 이야기, 일상에서 깨달은 느낌이 모두 들어갔다. 한 사람이 어떻게 살아갈 것인지, 어떤 마음을 가질 것인지를 놓고 보면, 큰 틀에서 조화롭게 느껴진다. 가까이서 보면 각기 다른 삶을 살지만 멀리서 보면 비슷하고, 삶은 여러 조각들이 모여 이뤄지는 것이니 말이다.

책을 출간하는 데 도움과 조언을 아끼지 않은 아내 장미희, 친구 최규선에게 감사하다.

첫 책이다. 대단한 책은 아니지만, 이 책으로 독자가 위로받길 바란다.

- 2024년 6월 둔촌에서

목차

들어가며

1.

작은
깨달음

알에서 깨어나기   12

벽 깨기   23

스스로 부족함을 인정한 첫 기억   28

개혁은 언제나 어렵다   33

2.

반추

할아버지와 할머니   38

아버지   46

엄마   50

3.

시작

노무현   56

권영길   61

4.	서울, 청년	72
서울	아, 서울시	84
	그는 잘 살고 있을까	103
	오랑	106
	갭이어	110
5.	패배와 승리의 기억	116
일	보좌관의 속살	131
	자존심	142
	사람	148
	용기	152
	돈	156
6.	다시, 어떻게 살 것인가	164
그럭저럭	나를 보는 철학	174
내 삶	경제적 자립 그 이상: 기본소득	192
	오래된 관념 극복하기	201
	나의 경험에서, 자존감	212
	그리고, 여전히	222

1.

작은 깨달음

알에서 깨어나기

국회 인턴이었다. 하지만 꿈은 버리지 못했다. 미련이 있었다. 그 직업을 갖고 싶었는지, 그 직업을 갖기 위한 시험에 합격하고 싶었는지는 불명확하다. 사회적으로 인정받을 만한 어려운 시험에 합격하지 못했다는 자격지심이었을지도 모른다. 다른 사람들은 되는 거 같은데, 왜 나만 잘 안되는 걸까.

대학 때 꿈이 기자였다. 사회학을 전공한 학생이 품을 수 있는 꿈이 많지는 않았다. 그래도 자신이 없지는 않았다. 열심히 하면 될 거 같았다. 누구로부터 받은 것인지는 몰라도, 나름의 긍정적 사고는 지니고 있었다.

하지만 부끄러웠다. 내가 기자를 하고 싶다, 그걸 위해 준비하고 있다는 사실을 주변에 말하기 부끄러웠다. 왜 그랬는지는 잘 모르겠지만, 실제로는 자신감이 없었거나 나에 대한 자존감이 낮았을 것이다. 내가 준비하고 있는 공부 또는 목표에 대해, 주변에 이야기하는 걸 꺼린다는 건 그렇게 해석할 수 있다.

주변에서는 도왔다. 학교 언론고시반에 들어가기 위해 시험을 봤는데, 학과 교수님이 알게 모르게 도와줬다. 제자의 목표를 위해 도움을 주신 것에 대해 감사드린다.

기자 공채는 쉽지 않았다. 처음에는 서류에서부터 떨어졌다. 주요 일간지, 방송사 위주로 서류를 넣었는데, 언론계 입사가 어렵다는 것을 체감했다. 1년에 한 언론사에서 4명에서 6명 정도 신입을 뽑는데, 전국에서 지원하는 20대 중후반, 30대 초반 청년들은 수천 명이었을 것이다. 공채도 가뭄에 콩 나듯 했고, 지원자도 많으니 나 같은 실력 부족, 준비 부족인 사람이 어떻게 합격하겠는가. 자신감과 자존감이 낮아졌다.

그래도 먹고살아야 했다. 고등학교 졸업 이후 4년 내내, 아니 군대와 휴학 기간을 포함해 7년여간 나를 먹여 살리고 등록금을 대준 부모님의 얼굴이 보였다. 대학을 졸업하면 최소한 내가 나를 먹여 살려야 했다. 그래야 한다고 생각했다. 언제까지 부모님 돈으로 살 것인가.

언론계 입사를 준비하면서 기업체 공채에도 서류를 넣었다. 기업 서류도 막 되지는 않았다. 그래도 취업은 일종의 확률 게임이다. 열 군데를 넣으면 한두 군데는 서류에 합격했다.

그때가 2007~2008년경이었는데, 지금은 공채 제도 자체가 많이 없어졌다고 한다. 지금 대학졸업생들은 나 때보다 훨씬 더 취업이 어렵다. 공채가 사라지는 맥락은 이해가 되지만, 공채가 없어지면 졸업생들의 공식적인 취업 기회가 적어지는 것이다. 직무를 미리 경험한 사람을 우대하고 수시전형으로 뽑는 게 기업에는 유리하지만, 입사를 준비하는 사람 입장에서 그 직무 경험을 어떻게 만들 것인가. 난감한 일이다. 이래저래 젊은 사람들의 사회 진입이 까다로워지고 있다.

돌이켜 보면 표면적으로 기자를 준비했지만 내면적으로는 취업 자체가 목적이었다. 한 군데 기업에서 연락이 왔다. 면접을 보라고 했고, 3차 면접을 보고 취업하게 됐다. 졸업식이 2008년 2월에 있었는데, 취업은 2007년 12월에 했고 회사에는 2008년 1월부터 출근했으니 졸업 전에 취업했다. 운이 좋았다.

대기업 같은 중견기업이었는데, 최근에도 논란이 많은 기업이다. 결과적으로는 그 회사에 다닌 지 10개월 정도 만에 퇴사했다. 대단한 이유라기보다는, 꿈과 목표를 위해 더 나이 들기 전에 한 번 더 도전해 보고 싶었다. 기자 말이다. 오기였던 거 같다. 실력은 부족했고 준비는 안 돼 있었는데, 오기가 생겼다. 또, 뭔가 될 거 같다는 생각이 막연하게나마 들었다. 무슨 자신감이었는지.

내면의 갈등은 심했다. 회사를 퇴직한 것에 대해선 후련했지만, 먹고사는 문제를 걱정했다. 부자가 아닌데 먹고사는 문제에 자유로울 수 있을까. 40대 초중반인 지금도 먹고사는 문제, 경제적 자립은 풀릴 수 없는, 풀어나갈 수밖에 없는 실존의 문제다.

스물일곱 사회초년생은 다니던 회사를 퇴직했고, 고민했다. 소위 언론고시를 계속 준비하고 싶은데 불확실했다. 누가 합격시켜 주겠는가. 나에 대한 믿음이 있는 거 같기도, 없는 거 같기도 했다. 애매모호했다. 잘될 거 같으면서도, 미래가 불안했다.

이때 이명이 생겼다. 귀에서 갑자기 '삐' 하는 소리가 들렸다. 나는 당황했다. 처음 겪어보는 증상이었다. 이명은 불치병이다. 초반에는 이비인후과에 가면 치료가 될 줄 알았는데, 아니었다. 이명의 정확한 원인은 나도 모르지만, 스트레스가 원인이 아닐까. 눈에 실지렁이가 보이는 비문증도 이때부터 시작됐다. 비문증은 노화가 원인이라고 한다. 20대 후반부터 나는 불안했고 스트레스를 받았고 노화되기 시작했다. 아마도, 이 땅의 수많은 사람이 그렇게 살아왔을 것이다. 나만 고통을 받은 건 아니다.

그렇게 시작된 공부. 잘될 수 있을까. 다시 학교 언론고시반에 들어갔다. 스터디를 하고 글을 쓰고 두꺼운 상식책을 외우고 신문을 매일 봤다. 스터디는 재밌었다. 토론도 즐겼다. 하지만 글이 잘 안됐다. 작문과 논술을 써야 하는데, 제대로 배운 적 없는 글이 제대로 술술 나올 리가 있겠는가. 돌이켜 보면 글은 본인이 가진 다양한 식견과 지식, 지혜를 독자에게 잘 풀어내는 과정인데, 이것이 막연한 자신감만으로 잘될 리 만무했다.

글을 쓰고 서로 글을 비평하는 과정에서 머리카락을 뜯었다. 타인과 비교했다. 저 사람은 저렇게 잘 쓰는데 나는 왜 못 쓸까, 저 사람은 나보다 좋은 대학을 다니는데 나는 왜 더 좋지 않은 대학에 들어갔을까, 저 사람은 서류도 되고 면접도 보는데 나는 왜 안 될까. 쉽지 않은 과정이었다.

글은 읽고 쓰고, 생각하고 연습하는 과정에서 조금은 늘었다. 생각과 연상, 주장, 논리, 익숙함 등이 버무려져 약간씩 늘었다. 단시간에 되는 건 없다. 생각도 글도 성숙하는 과정이 필요했다. 이것이 위안이었다. 조금씩 성숙해지고 있는 내 모습을 위안했다.

처음에는 서류에서 '광탈'하더니, 차츰 서류를 통과하고 면접을 보기 시작했다. 글쓰기 시험에서 소위 말하는 일필휘지로 글을 쓰기도 했고, 잘 썼다고 생각했는데 떨어지는 경우도 있었다. 될까 싶었는데 면접 기회를 얻은 경우도 있었다. 돌이켜 보면 그래도 내 실력이 완전 엉망은 아니었나 보다.

몇 군데 면접을 봤다. 하지만 잘 안됐다. 내가 어느 정도의 실력이 있다고는 하지만, 나보다 더 뛰어난 사람들이 얼마나 많은가. 내가 걸으면 뛰고, 내가 뛰면 이미 날고 있는 사람이 이 세상에 얼마나 많은가. 세상은 그렇게 호락호락하지 않았다.

면접을 본 것만으로 만족하기도 했다. 그래도 이 정도는 실력이 된다는 자조 또는 만족감이 없었던 건 아니었다. 자조 없이 어떻게 삶을 버틸까. 어려운 삶이라도 내가 나를 지켜나가는 방식일 것이다.

그러다 한 통의 전화가 왔다. 아는 선배였다.

"뭐 하냐. 놀면 뭐하냐, 와서 인턴이나 해라."

인턴이면 일하고 돈을 받을 수 있는 거네. 해보고 싶었다. 회사를 그만둔 것도 사적私的 이익이 아니라, 공적公的 이익을 위해 일을 해보겠다는 열망에서였다. 기자를 해보고 싶었던 것도, 같은 이유였다. 공적으로, 사회적으로 유익한 일을 해보고 싶었다. 돈은 많이 벌지 못하더라도 공공의 이익을 위한 역할을 하는 사람으로 일하고 싶었다. 인턴이 비슷한 일이었다. 국회의원의 인턴이라고 했다. 그것도 유명한 진보정치인이었다.

대학졸업을 하고 약 1년 반 정도 지난 시점, 회사를 그만두고 6개월 정도 지난 시점에 입사 공부를 하다가 월급 받는 일을 다시 시작했다. 그땐 좋았다. 2009년 6월이었다.

2년 정도 일을 하던 시점이었다. 사실 기자의 꿈을 완전히 접어

놓고 있지는 않았다. 서른까지는 도전해 보고 싶었다. 어떤 고집이 있었던 거 같다. 토익 점수 2년 시한까지만 도전해 보자. 스스로 명분을 찾았다. 자주는 아니었지만, 종종 언론사 공채에 지원했다. 사무실 선배에게는 말하지 않았다. 미안했다. 아니, 어쩌면 자신이 없었는지도 모른다. 자신감이 부족했다. 욕먹는 걸 두려워했다. 내가 잘못 보이는 것에 대해 두려웠다. 열심히 일하는 사람으로 보이지 않으면 어떡하지. 남의 시선을 신경 썼다.

서류에 합격했다. 마음을 비우니 됐다. 당시 두세 군데 언론사 면접을 봤다. 서류 합격에 그렇게 집착하지 않으니 됐다. 안 되도 그만이라고 생각하니까 됐다. 신기한 일이다. 그만큼 20대 후반이 되면서, 20대 중반 때보다 실력이 늘었던 거 같다. 이슬비에 옷 젖듯이 나도 모르게 일하면서 실력이 자연스럽게 늘었다.

국회 인턴 일이 수습기자와 비슷했다. 자료를 취합하고 분석하고 재구성하고 보도자료를 쓰고 국회의원의 질의서를 썼다. 기자를 만나 소위 말해서, 정부부처와 정책의 문제점을 요약해서 알려줬다. 기사화가 됐다. 비슷한 일이다.

궁극적으로 하는 일이 언론 지원이었는데 그게 도움이 됐다. 몇 군데 면접을 보고, 덜컥 합격이 됐다. 당시 10대 일간지 중 한 곳이었다. 다만, 조건은 한 달간 인턴기자를 하고 최종적으로 추가 평가를 받아 수습기자가 되는 조건이었다. 당시 동기가 10명 정도였다. 그래도 기뻤다. 사실상 입사였기 때문이다. 뛸 듯이 기뺐다. 처음 맛보는 성취의 경험이었다. 나 스스로 이뤄낸 성과였다. 대학 내내 꿈꿔왔던, 대학을 졸업하고도 여전히 꿈꿔왔던 직업을 가질 수 있었다. 미련을 해소할 수 있었다. 그것도, 유명한 10대 중앙 일간지 중 한 곳이라니. 어떤 유명한 직업, 자격증을 가진 것과 견주어 봐도 소위 꿀릴 게 없는 합격이었다. 그렇게 나는 생각했다.

인턴 수습기간에 돌입했다. 경찰서를 돌았다. 남대문경찰서와 송파경찰서를 주로 맡았다. 업계에서는 '마와리'라고 하는데, 경찰서를 돌고 그곳에서 숙식하면서 기자로서 훈련을 하는 전통적인 방식이었다. 좋지 않은 문화이기도 했다.

위안이 됐던 건, 동기가 10명이었다는 것이다. 특히나, 고등학교를 같이 나온 친구 지운이도 그 언론사에 함께 합격했다. 인연이다 싶었다. 친한 고교 친구가 서울로 대학을 와서, 같은 언론사에 입사하다니, 대단했다. 서로 기뻐했고 서로 위로했다.

하지만, 기쁨도 잠시 친구는 며칠 만에 기자직을 그만뒀다. 대학원에 간다는 이유였다. 석사 학위를 마치고 싶어 했다. 안타까웠지만 멋있었다. 언론사 합격이 뭐가 그리 대단한 거라고.

나의 마음도 흔들렸다. 기자의 수습교육에 문제가 많았다. 일단 폭력적이었다. 선배 기자가 문제가 있지만, 그의 명령을 따라야만 했다. 뭔가 아리송한 지시를 내리고, 잘못하면 비난과 비아냥이 쏟아졌다. 왜 저럴까. 대단한 역량과 실력도 갖춘 게 아니었던 거 같은데, 특이한 자존심으로 후배를 뭉갰다.

생각해 봤다. 일간지 기자는 하루하루 기사로 먹고사는 직업인데, 나는 순발력이 있을까. 나는 이 순발력으로 살아나갈 수 있을까. 자신이 없었다. 내가 2년여간 일해왔던 직업에 익숙해져 있었다. 국회 인턴은 순발력도 필요했지만, 중장기적인 계획을 가지고 일을 만들어 나가는 직업이었다. 기자와 국회 보좌진을 단순 비교 하는 것은 아니다. 모두 의미가 있는 직업이다. 뭐가 더 낫다, 그렇지 못하다는 이야기를 하는 것이 아니다.

직업적인 부분 외에, 내 머리를 때리는 깨달음도 순간 얻었다. 나는 지금까지 왜 살았지. 내가 원하는 진짜 욕망을 가졌나. 우리는 사회에 태어나 사회적으로 훈련된다. 사회화된다. 내가 가진 생각이 진짜 내 생각일 리 없다. 1982년 당시 경북 영주시 풍기읍이라는 지역에 태어났고, 그렇게 길러졌다. 내가 가진 모든 것은 내 것이 아니다. 내 생각은 만들어진 것이다.

사회적으로 유명한 직업을 가져라. 입신양명해라. 사회적 대타자를 대리하는 부모가 나에게 강요한 관념이다. 유명한 직업을 가지기 위해, 남이 부러워할 만한 직업을 가지기 위해 시험에 합격하라. 그리고 남보다 잘 살아나가라. 돈을 많이 벌어라. 대타자는 나에게 강요했다. 내가 진짜 원하는 나의 욕망은 뭐지. 기자일까. 기자는 내가 가진 학력과 자원 내에서, 부모를 기쁘게 하기 위한 최선이었다. 그래서 합격증을 받고 내가 기뻤고, 바로 아버지와 어머니에게 전화해서 기쁨을 전달했다. 부모님도 뛸 듯이 기뻐했다. 아마도 주변에 자랑도 했을 것이다.

내가 원하는 나의 삶을 내가 살아나가야 하는데, 대타자와 사회, 부모를 위해 나의 삶을 살아나가야 할까. 모든 내 주변의 사회적 존재들을 무시할 수는 없지만, 오롯이 내가 잘 서 있어야 주변이 보이는 것이다. 나의 삶은 내가 사는 것이고, 나의 진짜 욕망을 찾아야 한다.

그래서 대학생 내내 꿈꿔왔던, 회사도 그만두면서 마지막 도전을 해보겠다는 기자라는 직업을 그만뒀다. 그만둔다고 선배 기자에게 말하고 경찰서를 나와 집으로 가는 지하철 안에서 전화가 걸려왔다. 전에 기자 준비를 같이 했고, 그 언론사에 1년 전에 먼저 입사했던 후배의 전화였다.

"오빠, 돌아오세요."
"아니."

다른 동기도 전화했다.

"왜, 그만두냐. 같이 해나가자."

"아니, 나는 이제 더 이상 기자 공채에 지원하지 않으려고."

그렇게 나는 집으로 돌아왔고, 운 좋게도 일하던 국회의원실로 복귀했다. 어쩌면 질풍노도의 시기에 나의 몇 번의 결정은 급작스러웠지만, 운이 좋았던 것 같다. 잘 헤쳐나왔으니.

그만둔다는 것은 세계를 결정하는 일이다. 합격했던 언론사를 내가 스스로 그만둔 것은, 나의 작은 깨달음 때문이다. 내가 가진 진짜 욕망이 무엇인가, 내가 생각하는 나의 진짜 삶은 무엇인가, 내가 생각하는 것이 진짜 내가 생각하는 것은 맞는가, 내가 부모로 상징되는 사회적 대타자를 위해 살아가는 것은 아닌가, 그렇게 피상적으로 살아가는 것이 무슨 의미인가.

스물아홉 어린 젊은이는 그렇게 한 세계를 단절했다. 그때의 퇴직은 내 삶에서 의미가 깊다. 지금 나의 세계관을 만드는 첫걸음이었다. 단절과 새로운 시작을 위한 작은 깨달음이었다. 헤르만 헤세가《데미안》에서 이야기했던 것처럼, 나는 작지만 알을 깨고 나왔다.

벽 깨기

내면에 만들어진 벽을 무너뜨리는 건 어렵다. 한번 만들어진 생각의 철벽을 낮추거나 깨는 건, 특별한 마음을 먹지 않고서는 불가능하다. 나의 벽을 깨는 건 내가 열린 마음을 가진다는 것이고, 그래서 남으로부터 느끼는 부끄러움을 극복하는 일이다.

대학 때, 마당극을 공연하는 동아리에서 활동했다. 마당극은 한국적인 연극이다. 전통 탈춤 공연을 기반으로 서양 연극의 양식을 접목했다. 마당극은 동그랗게 둘러앉아서 보고, 연극은 한쪽으로 무대를 바라보는 형식적 차이도 있다.

동기, 선후배가 모여 시나리오를 짜고 극을 연출하고 배우로 참여했다. 일당백이었다. 연극도 보러 다녔다. 이웃사촌 연극 동아리가 만든 소극장 연극도 관람했다. 전통 마당극에 활용할 사물놀이와 탈춤도 익혔다.

초짜 연극배우로서 훈련 과정의 일부를 선배로부터 배웠다. 아마추어였지만 우리는 진지했다. 발성과 동작, 춤사위도 배웠지만, 무엇보다 '벽 깨기'가 중요했다. 배우로서 관객 앞에서 부끄럽지 않아야 한다. 관객이 바로 앞에 앉아 있는 상황에서, 대사를 치고 동작을 하고 연기를 해야 한다. 관객의 시선이 부끄럽다면 연기할 수 없다. 관객과 시선을 맞춰야 하지만, 시선으로부터 자유로워야 한다.

연극은 인류 태초의 제사 의식에서부터 유래했다고 한다. 신과 자연, 어떤 환상적인 존재에 제사를 지내는 의식이 연극의 원초적 형태다. 제의라는 픽션을 통해, 나약한 인류는 웃고 울고 욕망하고 위로받고 알지 못하는 공포로부터 안심할 수 있었다. 연극도 마찬가지다. 현장에서 펼쳐지는 이야기를 통해, 웃고 울고 욕망하고 위로받는다. 이런 면에서 연극과 철학은 맞닿아 있다. 연극에서는 이야기의 발화자가 배우다.

연습 시간. 동그랗게 서서 마주 보고 준비운동 몸풀기 먼저 한다. 다음은 벽 깨기 시간이다. 동그랗게 모인 사람들이 제자리에 앉고, 자기소개를 한다. 내 차례다. 떨린다. 어디서부터 어디까지 얘기해야 하지. 난감하다. 많은 사람이 모인 자리에서 나의 이야기를 해야 한다는 게, 좀처럼 쉬운 일이 아니다. "나는 시골에서 올라왔고, 전공은 사회학이고…." 구태의연하게 소개를 마치고 앉았다.

한두 번 할 때는 어색하지만 여러 번 하면, 무엇보다 여러 사람 앞에 서는 게 익숙해진다. 남의 시선으로부터 부끄러웠던 마음이 약간은 뻔뻔해진다. 부끄러울 게 뭐 있나. 자신 있게 말하면 되지.

이런 것도 연습했다. 2명이 서로 마주 보고 선다. 눈을 감는다. 선배의 지시에 따라, 눈을 뜨라면 뜬다. 얼굴 바로 앞에 타인의 얼굴이 있고, 서로 눈을 마주 본다. 참지 못하고 몇 초 만에 눈과 고개를 돌릴 수밖에 없다.

처음에는 어색하고 어렵다. 하지만 여러 번 연습하니, 이것도 뻔뻔해진다. 가까이 얼굴을 맞대고 눈을 바라보는 일, 한 사람의 눈동자를 오랫동안 가까이서 보는 일. 흥미롭다. 동공이 줄었다 늘었다 하는 미세한 움직임이 보인다. 눈동자의 방향을 읽으며, 그의 당황스러움, 어색함, 웃음기, 즐거움, 뾰로통함을 감지한다. 타인의 미세한 감정선을 느낀다. 반대로 타인도 나를 그렇게 볼 것이다. 벽 깨기는 나를 깨는 일이기도 하지만, 타인과의 벽도 깨는 과정이다.

벽 깨기는 신뢰를 쌓는 훈련이기도 하다. 책상에 올라간다. 양 손을 공손하게 모으고 앞을 보고 선다. 눈을 감는다. 뒤로 허공에 누워야 한다. 사람이 받쳐주지 않으면 다친다. 무섭다. 나는 무사

할까. 두근두근. 허공에 눕는다.

선후배, 동기가 나를 팔로 받았다. 여러 사람의 팔과 손이 나의 등을 받쳤다. 무사했다. 서로 신뢰해서 안전했다. 재밌다.

배우는 벽이 없어야 한다. 벽이 없어야 새로운 캐릭터로 연기할 수 있고 그 캐릭터로 빙의할 수 있다. 벽이 없어야 관객의 시선을 의식하지 않고 미친 듯이 연기할 수 있다. 그렇게 관객을 울리고 웃길 수 있다. 우리 모두 삶을 살아가는 일종의 배우다. 세상은 무대다.

공연 날. 학생회관 앞 야외에 무대를 만들었다. 마당극은 야외에서 하는 연극이기도 하다. 어스름 녘 사물놀이와 춤, 연극이 어우러지는 한바탕 축제다.

웅성웅성, 50여 명 되는 관객이 웃고 떠든다. 앉아 있는 이, 서 있는 이. 각양각색이다. 어느 땐 대사에 집중하느라 조용하다.

콩닥콩닥, 심장이 뛴다. 5분 후 무대로 출격이다. 내 차례, 무대로 나섰다. 관객과 눈을 맞추며, 익히 짜놓고 연습한 대로 동선에 맞춰 대사를 쳤다. 관객과 일일이 눈을 맞추며 연기했다. 관객을 웃겼다. 나는 아마추어라, 진지한 연기는 잘 못했다. 들뜨고 웃기는 연기 전문이었다.

어느새 나의 벽도, 관객의 벽도 허물어졌다. 배우도 즐기고, 관객도 즐긴다. 막걸리를 마시고 웃고 떠들고 논다. 사물놀이에 맞

춰 다 같이 춤추고 어깨동무를 한다. 춤추고 노래한다. 가슴이 벅
참을 느낀다. 카타르시스를 느낄 때쯤, 공연은 마무리됐다.

나의 벽을 깨는 건 나에게 만들어진 아집에서 벗어나는 일이
다. 아집에서 벗어날 때 열린 마음이 생긴다. 나를 찾는 여정의
초입이다. 너와의 벽을 깨는 건 남의 시선을 부끄러워하지 않는
것이다. 남의 시선으로부터 자유로워지는 건 나에게 해방감을 선
사한다. 해방은 멀리 있지 않다. 나와 너의 벽이 깨질 때, 나와 너
의 신뢰가 싹튼다.

지금도 종종 선배는 말한다.

"너에게 광대의 얼굴이 보인다."

듣기 좋다. 광대가 배우다. 여전히 벽을 완전히 깨지는 못했지
만, 많이 낮춘 배우다. 삶을 살아가는 배우.

스스로 부족함을 인정한
첫 기억

대학 때 사회학을 전공해서 카를 마르크스를 조금 배웠다. 하지만 학사 수준에서 깊게 공부하기에 마르크스는 어려웠다. 마르크스 이론을 20대에 공부하면서, 뭔지 모를 낭만을 가지기도 했다. 마르크스, 오호.

졸업 전에 도피성 어학연수를 영국으로 갔다. 그곳에서 5개월 정도 영어 공부를 했는데, 한국으로 돌아오기 전 마르크스의 체취를 느끼고 싶었다. 마르크스 묘소가 있는 런던 하이게이트 묘지와 마르크스가 살았던 소호 거리를 방문했다. 런던 지하철을 타고 갈 수 있는 거리였다. 언제 또 영국, 런던에 올 수 있을까. 왠지 가보고 싶었다.

사회진화론을 주창한 허버트 스펜서의 묘소도 마르크스 무덤 근처에 있었다. 말 듣던 대로였다. 사회학에서 사회진화론도 중요한 개념이다. 사회진화론은 자연과학의 방법론이 사회과학으로 발전한 근대 초기의 개념이라고 배웠다. 다만, 이후 나치즘과 같은 극우민족주의의 철학적 기반을 제공했다는 점에서 공과가 있다. 여하튼, 많은 사람들이 마르크스와 스펜서의 묘소가 가까운 맞은편에 있다는 점을 두고, 아이러니하다고 평가한다.

학부 시절 나에게 마르크스는 낭만적인 어떤 중요한 사회학자로 받아들여졌다. 제대로 공부했다고 보기 어렵다. 나에게 마르크스는 그랬다.

마르크스를 공부하면서, 정작 마르크스의 책을 직접 읽어본 사람은 거의 없다는 말이 있다. 정말 그랬다. 나도 마르크스가 직접 쓴 책을 읽지 못했다. 번역도 번역이지만 일단 어려웠다. 그 책을 읽을 만한 제반 지식도 부족했다. 하지만 읽은 책이 한 권 있다. 《공산당 선언》이다. 책이 짧고 얇았다. 작은 책자다.

《공산당 선언》은 마르크스와 프리드리히 엥겔스의 공동 저작이다. 다시 찾아보니, 1848년 독일어로 처음 출간됐다고 한다. 마르크스 이론에서 매우 중요한 책 또는 선언문 정도로 알고 있다. 대학생 때 읽은 그 책의 내용이 정확히 기억나지는 않지만, 사회주의를 현실화하기 위한 이론적 배경을 서술한 글이라는 느낌을 어렴풋이 갖고 있다.

한 번쯤은 들어봤을 것이다. "하나의 유령이 유럽을 떠돌고 있다. 공산주의라는 유령이.", "인간의 모든 역사는 계급투쟁의 역사다." 우리가 한 번쯤 들어봤을 만한 《공산당 선언》의 유명한 문구다.

어느 날, 사회학 전공심화 수업 사건이었다. 미국 유학파이며 베버를 전공한 당시 유명한 교수님이 물었다. '마르크스, 베버, 뒤르켐' 수업이었던 것 같다.

"마르크스 책을 직접 읽어본 학생 있나?"

교수님은 여느 때와 같이, 요즘 우리 학생들이 공부를 너무 안 한다는 꾸중 아닌 꾸중을 하면서, 학생들에게 물었다.

사회학을 공부하고 있지만, 마르크스가 쓴 책을 직접 읽어본 학생은 많을 수가 없었다. 학부생이면 주로 어떤 현대적 학자가 중요한 사회학 이론을 재정리하고 설명한 글로 공부하기 마련이다. 유명 학자가 직접 쓴 원서를 읽거나 번역서를 읽는 건 대학원생이 아니면 어려운 일이었다. 영어 또는 독일어, 프랑스어책을 어떻게 읽겠는가. 번역이 돼 있다 한들 한글로 읽어도 이해가 잘 안된다. 또, 졸업 후 학자를 꿈꾸기보다는 좋은 직업을 갖기 위해 공부한다. 아니, 좋은 학점을 따기 위해 시험을 본다. 현실적으로 말이다.

교수님의 물음에 20명 정도 되는 학생들이 조용해졌다. 나는 학교를 다니면서, 나름 발표하고 나서는 것을 주저하지 않는 성향이었다. 하지만 많은 사람 사이에서 말하는 게 떨리지 않는 건 아니었다. 말하면서도 종종 가슴이 쿵쾅거렸다. 손을 들었다.

"읽어봤습니다. 《공산당 선언》입니다."

손 들고 말한 게 뿌듯했다. 시골 촌놈이 서울에 올라와서 서울 사람들 사이에서 나설 수 있다는 현실이 나쁘지만은 않았다. 나는 시골에서 서울로 유학 온 촌놈이었다.

"그렇지. 마르크스 저작 중에 그나마 짧은 글이 《공산당 선언》이다."

수업을 같이 듣던 다른 선후배, 동기 두세 명도 읽어봤다고 말했다. 교수님이 다시 물었다.

"책 읽어본 느낌이 어땠지?"

몇몇 학생이 대답했다. 책 내용의 일부를 얘기하기도 했다. 내 차례가 됐다. 나는 짧게 대답했다.

"어려웠습니다. 이해가 잘 안됐습니다."

실제로 읽었지만 이해가 잘 안됐다. 뭘 말하는지 솔직히 이해하기 어려웠다. 교수님이 반색했다.

"그렇지.《공산당 선언》은 어렵고 난해하다. 어렵다고 대답하는 게 솔직한 거다. 한 번 읽고 이해하기 어렵다."

어쩌면 내가 성인으로서 살아가면서, 공적인 자리에서 솔직하게 '잘 모른다.'고 인정한 첫 경험이었던 것 같다.

스스로 나의 상태를 인정하는 것이 자존감의 첫걸음이다. 잘하는 것은 잘하는 대로 못하는 것은 못하는 대로, 있는 그대로 자신을 인정할 수 있어야 한다. 인정하기 위해서는 내가 나를 객관화해야 한다.

하지만 일반적으로 볼 때, 모르는 것을 모른다고 말하고, 아는 것을 정확히 아는 범위 내에서 인정하고 말하는 것은 매우 어려운 일이다. 으레 사람은 모르는 것을 아는 척하고 싶어 하고, 조금 아는 것을 많이 아는 것처럼 말하고 싶어 한다. 남으로부터 인정받고 싶어 하는 욕구 때문이다. 인정욕구다.

개혁은 언제나 어렵다

왜, 개혁이 혁명보다 어렵다는 말이 있지 않은가. 그만큼 개혁이 어렵다는 자조일 것이다. 삶에서 작은 개혁을 처음 시도했던 건 군대에서였다.

해군을 나왔다. 해군은 병사들 중 최고 선임을 선임수병이라고 부른다. 내무반 구성원 중에 최고직이다. 해군 병사는 물 수水 자를 써서 수병이다. 여기에 선임을 붙인 게 선임수병이다. 전체 병사들의 생활을 이끌고 휴가와 외박, 주요한 일 처리를 중대장에게 보고하고 결재받고 지시를 하달하는 역할을 주로 한다.

나는 병장을 달고 윗기수가 전역한 때부터 내가 전역할 때까지 선임수병을 맡았다. 선임수병이 되고 난 다음, 바로 부대 내 악습을 없애거나 완화하고 싶었다. 좋은 말로는 군기를 유지하기 위한 관례였겠지만, 나쁜 말로는 악습이었다.

예를 들어, 일병까지는 외부에서는 무조건 뛰어야 한다. 삼 보 이상 구보라는 말의 실현이다. 부대 매점에 가려면 상병 말이 되어야 한다. 그 이하 계급은 선임이 데리고 가야 매점에 가서 주전부리할 수 있다. 주말에는 내무반 선임 병장의 허락 없이는 눕지 못했다. 주말에는 하기 싫어도 무조건 축구를 해야 했다. 억지로 하는 축구는 곤욕이었다. 축구를 하면 휴일이 지나갔다.

누가 잘못이라도 하거나 특정 선임이 기분이 안 좋기라도 하면, 오후 6시 일과가 끝나고 청소하기 전까지 소위 집합을 해서 잔소리를 듣거나 기합을 받아야 했다. 이러면 근무하고 밥 먹고 자기 전까지, 하루가 휴식 없이 지나가 버린다. 고통스럽다.

여러 악습이 있었지만, 군대 내 악습은 잘 해소되지 못한다. 경직된 조직의 특성이다. 보상심리도 작동한다. '내가 이병, 일병 때는 다 그렇게 했는데, 내가 병장 됐는데 왜 그걸 바꿔야 하나. 우리는 다 겪었고 이겨냈는데, 지금은 왜 그걸 하지 말자고 하나. 그것도 못 참나. 우리는 다 했다. 관례를 바꾸는 것에 반대한다.'

나는 선임수병이 되고, 병장 회의를 소집했다. 다 후임들이었지만 그들도 이병부터 군대에서 생활했고, '짬밥'이 있는 병장들이었다. 나는 악습을 없애자고 제안했다.

"우리가 겪은 것이지만, 좋지 않은 관습이다. 우리가 먼저 없애자."

　많은 후임 병장이 반대했다. 암묵적으로 반대 입장에 동의하는 이들도 있었다. 반대는 생각보다 강했다. 설득하려 했지만 설득하기 어려웠다. 그래서 나는 타협했다. 일부는 없애고, 일부는 유지했다. 예를 들어, 외부에서 뛰어서 이동하는 것과 일과 후 집합하는 것, 주말에 강제로 축구하는 것 등을 없앴다면, 매점을 자유롭게 이용할 수 있는 계급은 그대로 제한을 두는 타협이었다.
　일부 개혁은 했고 전부를 바꾸진 못했지만, 당시로서는 최선이었다. 그래도 내가 권한이 있을 때 악습을 없앴다는 것에 위안했다. 그리고 한두 달 후 나는 전역했다.
　전역 후에 직속 후임이 걱정되기도 하고 목소리도 듣고 싶은 마음에, 아직 복무 중인 후임과 통화를 한 적이 있다.

"잘 지내냐. 내가 없앤 것들은 그대로 잘 유지되고 있냐."
"형님, 다 복원됐습니다. 형님 제대하고 다 복원됐습니다."

　아, 그렇구나. 참 힘들구나. 바꾸는 건 참 어렵구나. 개혁은 어렵구나. 누군가 바꾼다고 해도, 권한이 다른 사람으로 바뀌고 개혁이 제도화되지 않는다면 개혁은 단기적인 것이구나. 작은 경험이었지만 깨달았다.

아무렴, 더 큰 단위인 지자체와 국가, 사회에서는 더 어려운 것이 개혁이고, 뭔가 바꾸는 일일 것이다. 제도화되는 데에도 사람들의 인식과 문화, 생각이 바뀌어야 가능하다. 인위적이고 단기적인 개혁, 여러 시민이 동의하지 못하는 개혁, 제도화되지 못한 개혁은 일장춘몽일 수 있다. 그렇더라도 개혁은 작은 시도에서부터 시작된다.

2.

반추

할아버지와 할머니

할아버지와 할머니는 1920년대생이다. 일제 강점기 때 태어나 한국전쟁을 겪었고, 살아남아 아버지를 포함해 육 남매를 낳아 키웠다. 할아버지도 아버지와 같이 농민이었고, 경북 영주의 소백산 도솔봉 바로 아래 골짜기 앞두들 동네에서 대대손손 살았다.

할아버지는 5대 독자라고 했다. 그래서 한국전쟁 때 군대를 안 갔다. 전쟁통에 소백산 아래 우리 동네에도 군대가 주둔했다. 국군이었다고 들었다. 당시에 할아버지가 마을 이장이었는데, 동네 사람들과 함께 된장과 먹을거리를 지게에 지고 군대로 날랐다. 당시 주둔 군대의 보급을 동네에서 일부 책임졌던 것 같다. 근대와 전근대가 아직은 섞여 있었다.

할아버지의 가문은 시골 농촌에서 자산이 좀 있었다. 논밭이 많았고 머슴도 있었다. 옛날 사진을 보면 기와집은 아니지만 집이 풍족해 보였다. 할아버지는 5대 독자라서 곱게 자랐다. 5대에 걸쳐 아들이 하나인 조선시대 또는 구한말 집안이었으니, 귀한 아들로 자랐던 것이다. 돈과 자산도 좀 있었기 때문에, 할아버지는 증조할아버지로부터 땅을 물려받았다.

돈 있는 집 아들이 대체로 그랬을까, 아니면 당시 구한말과 일제 강점기 때 시골 풍토가 그랬을까. 할아버지는 가산을 탕진하면서 술을 마시고 여자를 좋아했다. 가진 논밭을 팔면서 살았다. 어릴 적 기억에도 할아버지는 인자하고 좋았지만, 매일 술에 취해 있었다. 성격은 온화했고 한문도 배워 잘 썼지만, 매일 술에 빠져 살았다. 어쩌면 살아왔던 시절, 술 아니면 위안 삼을 게 없었을지도 모르겠다.

할아버지가 일제 강점기 때 사회상 또는 그 당시 본인이 가졌던 고민을 손자에게 자세히 얘기한 적은 없었지만, 그렇게 추측해 본다.

할아버지는 부인이 2명이었다. 나의 할머니는 두 번째 부인이다. 할아버지는 첫 번째 부인을 두고도, 두 번째 부인을 맞았다. 할머니는 청송 사람으로 아이 둘을 데리고 북쪽으로 피란 갔다가 청송으로 돌아가는 길에, 잠시 우리 동네에 머물렀다. 그때 할아버지를 만났고, 아이를 임신했다. 그 아이가 나의 아버지다. 전쟁 통에도 아이는 태어난다는 말이 있다. 아버지가 그 세대다.

할아버지도 처자식이 있었고, 할머니도 자식이 있었다. 할머니의 전남편은 당시 사망한 상황이었다. 할머니는 할아버지의 두 번째 부인으로 영주 앞두들에 눌러앉았다. 할아버지의 첫 번째 부인과 아들, 딸, 두 번째 부인인 할머니의 두 아들이 함께 살았다고 한다. 지금은 상상할 수 없는 가족 형태인데, 당시에는 가능했던 거 같다. 아마도 구한말 갑오개혁 때 여러 부인을 두는 것이 제도적으로는 폐지됐지만, 문화적으로는 몇십 년에 걸쳐 남아 있었던 것 같다. 시골이었으니 문화적 혁파의 기간이 더 길었을 것이다. 제도가 바뀌어도 문화가 바뀌기에는 더 오랜 시간이 걸린다.

첫 번째 부인, 즉 큰할머니는 그 삶을 견디지 못하고 집을 나갔다. 정식으로 이혼해 주지 않았다고 들었다. 남편이 미웠을 것이다. 아들과 딸은 남편 집에 남겨두었다. 고통스러웠을 것이다. 하지만 본인도 살아야 했다. 아들은 큰아버지이고 딸은 큰고모가 됐다.

그리고 두 번째 부인인 할머니도 전남편 사이에서 낳은 두 아들을 청송 집으로 보냈다. 할머니는 남편, 첫 번째 부인 사이의 두 자녀, 할머니가 새롭게 낳은 4명의 아들딸을 키우며 살았다. 복잡한 가족이었다.

주변을 둘러보면, 구한말과 일제 강점기, 전쟁 시기를 겪으며 가족의 형태가 흩어지고 새로 모이면서 복잡해진 건 사회적으로 어쩔 수 없는 시대 상황이었다. 개인의 잘못이 아니다. 국가가 개인의 삶을 보살펴 주지 않는 상황, 오히려 사람을 죽음으로 몰고 가는 상황에서, 개인은 살아남는 것 그 자체가 목표일 수밖에 없다.

할아버지와 할머니는 자주 부부싸움을 했다. 모두 불행을 겪은 상황에서, 마음에 맺힌 게 많았을 것으로 추측된다. 할아버지는 젊었을 때 가산을 탕진해서 돈이 많이 없었다. 아버지는 할아버지의 직업을 물려받았지만 땅을 받은 건 없었다. 아버지는 노동을 해서 땅을 모았다. 땅을 사 모으는 게 아버지의 삶의 낙이었다. 아버지의 아버지는 가산을 탕진했지만, 아버지는 반대로 땅을 사 모았다. 할아버지와 아버지는 반대였다. 성격도 반대였고 자산을 모으는 것도 반대였다.

할아버지는 돈에 대한 관념이 없었다. 종종 할아버지는 오일장에 나가 소를 팔고 왔다. 소를 팔았으면 현금을 갖고 와야 하는데 현금이 없거나, 거의 없는 경우가 많았다. 그때마다 할머니는 할아버지에게 소리를 질렀다. 할아버지는 술에 취해 대답하지 못했다. 어떨 땐, 소매치기를 당해 할아버지의 옷이 찢겨 있었고 돈은 이미 도둑맞아 있었다. 할머니는 찢긴 옷을 까뒤집었다. 돈이 혹시라도 안에 있을지 모른다는 기대로. 할머니는 할아버지 등을 마구 쳤다.

할아버지는 소를 잘 다뤘다. 소에 쟁기를 매달고 밭과 논을 갈았다. 간 밭을 고르고 콩, 깨, 고추, 파 등을 심었다. 담배를 키워서 팔았다. 논을 갈고 물을 대고 다시 갈았다. 모내기를 하고 벼를 길렀다. 소는 논두렁과 냇물 둑, 산에 있는 잡초를 먹고 힘을 썼다. 농작물을 실어날랐고 농사를 지었다. 할아버지는 소를 끌고 농사를 지었다. 아버지는 경운기를 끌었다.

할아버지는 술에 취해 스스로 생을 마감했다. 내가 초등학교 4학년 때였다. 마당에 있는데, 할아버지와 할머니가 크게 한바탕 싸웠다. 뭔 일이었는지는 모른다. 아마도 습관적인 부부싸움이었을 것이다. 할아버지는 화가 나서 화장실 쪽으로 갔다. 그리고 두번 다시 방으로 돌아오지 못했다. 사고였다. 술에 취하고 화가 난 상태에서 부지불식간에 벌어진 일이었다. 그렇게 좋아하고 매일 마시던 술이 할아버지의 목숨을 앗아간 셈이다. 사고는 그렇게 발생했다.

할머니는 민간요법으로 할아버지의 소생을 시도했지만 불가능했다. 앰뷸런스가 왔다. 할아버지는 병원으로 갔다. 할아버지는 끝내 소생되지 못하고 돌아가셨다. 나는 그 광경을 지켜봤다.

어느 때, 엄마에게 이 일을 말했더니 엄마는 흠칫 놀랐다.

"네가 그때 거기 있었어?"

엄마도 당시 경황이 없었는지, 아들이 그 장소 그 시간에 함께 있었다는 것을 기억하지 못했다.

할아버지 장례식은 전통방식대로 치러졌다. 마당에 천막을 치고 마루에 신위를 모셨다. 아버지는 삼베 옷을 입고 머리에 새끼줄을 묶고 지팡이를 짚었다. 곡소리를 냈다.

엄마는 동네 아주머니들과 음식을 하고 날랐다. 불을 피우고 솥뚜껑을 뒤집어 전을 부쳤다. 상을 차리고 상을 치웠다. 수백 번 수천 번. 아침마다 마루에서 제사를 지냈다. 곡소리를 냈고 절을 했다.

삼 일째 날, 할아버지의 관을 상여에 싣고 산으로 올라갔다. 동네 아저씨들로 구성된 상여꾼들이 노래를 불렀다. 한 사람씩 상여에 올라갔다. 가는 길 중간중간에 엄마는 술상을 봤고, 돈을 내놓았다. 상여꾼들은 술에 취했다. 첫 손주인 나는 할아버지 영정을 들고 상여 앞을 걸었다.

상여는 산으로 올라갔다. 동네 앞산인 소백산 도솔봉 어느 지점이다. 길이 없으면 사람들이 낫으로 길을 만들었다. 산은 높았다. 상여꾼들은 상여를 이고 응차 소리를 내며 산을 올랐다.

도착하니 이미 무덤터는 땅이 파여 있었다. 관을 내려놓았다. 아버지, 큰아버지, 작은아버지, 고모들이 울었다. 엄마도 울었다. 파인 땅에 관을 놓았다. 흙으로 관을 덮었다. 흙을 덮고 나서 지팡이를 꽂고 사람들이 지팡이에 새끼줄을 말았다. 돌고 도는 사람들의 발자국에 자연스레 땅이 다져졌다. 아버지와 엄마는 새끼 줄에 돈을 끼웠다.

영화 〈축제〉에 나오는 그 광경이다. 현재는 전통방식의 장례식을 하지 않는다. 품이 많이 들기 때문이다. 할아버지는 전통방식 그대로의 장례식 풍경을 나의 기억에 남겨주고, 그렇게 가셨다. 이제는 영화에서 볼만한 그런 장면을.

할머니는 술과 담배를 즐겼다. 할머니는 식사는 안 해도 술은 마셨다. 금복주 플라스틱 큰 병을 텔레비전 옆에 항상 두었다. 꼭 큰 병이어야 했다. 할머니는 그것만 고집스럽게 마셨다. 할머니는 담배는 '솔'을 폈다. 6학년 수학여행을 서울로 왔었는데 올림픽공원에 있는 파크텔이었다. 거기서 할머니 준다고 담배 자판기에서 담배를 뽑았던 기억이 있다. 할머니는 나에게 술과 담배로 기억된다. 행복하지 못했던 삶에서, 술과 담배가 위안이 됐을 터.

할머니는 성격이 좋지 못했다. 할머니는 화를 잘 냈고, 잘 삐쳤다. 예민했고 감정의 기복도 심했다. 아들과 사이도 안 좋았다. 어쩌면 심리치료가 필요한 상태였을 것이다. 하지만 할머니는 제대로 치유받지 못했다. 말 한마디 잘못하면, 할머니는 삐쳤다. 그것을 달래주는 게 손자, 손녀의 일이었다.

할머니는 급성 폐결핵으로 돌아가셨다. 식사는 잘 안 하고, 술 담배를 즐기면서 면역력이 급격히 안 좋아졌다. 내가 군대에 있을 때 급히 돌아가셨다. 돌아가시기 전에, 아버지가 할머니를 극진히 챙겼다. 할머니에게 햇볕을 보여주기 위해 아버지는 가벼워진 할머니를 업고 다녔다. 하지만 할머니는 결핵을 이겨내지 못했다. 그 고단했던 삶을 마감했다. 아버지는 할머니 마지막 가는 길을 지켰다.

할머니의 장례식은 영주가 아니라 청송에서 치렀다. 전남편 사이에서 낳은 아들이 모시고 갔다. 전남편 곁에 유골을 묻었다. 말 그대로, 원래 있던 데로 돌아간 것이다. 할머니는 혼란한 시기, 여성으로서 힘든 삶을 살았다. 유골로 첫 남편 곁에 묻혔다. 행복할까. 하늘에서는 행복하길.

아버지

아버지는 1951년에 경북 영주에서 태어났다. 전쟁통에 태어난 전쟁둥이다. 사회적으로, 태어날 때부터 험난한 삶을 산 세대다. 전쟁 중에 태어났다는 건, 사실 우리 세대에서는 상상하기 힘든 광경이다.

아버지는 초등학교만 졸업했고, 줄곧 농사만 지었다. 농민이다. 지금으로 치면 열네 살 때부터 농사를 지었던 것이다. 중학교, 고등학교는 다니지 못했다. 그리고 경북 영주에서 태어나 영주에서 농사짓고 지금까지 살고 있다. 생애에서 거주 이전을 한 번도 해본 적이 없다.

아버지는 농사일에 열심이다. 농민이 천직이다. 봄에는 논을 갈고 모내기를 했으며, 사과나무 가지를 쳤고 꽃과 열매를 솎았다. 여름에는 농약을 쳤고 잡초를 뽑았다. 가뭄에는 물을 댔고 홍수에는 봇물을 열었다. 자나 깨나 밭에서 논에서 일했다. 소도 키웠고 인삼농사도 지었다. 지금은 사과농사만 한다.

보수적이냐 진보적이냐의 차이는 이주의 경험이 없느냐 있느냐의 차이에서 비롯된다. 인류학에서, 초기 인류가 처음 나무에서 광야로 내려와서 모험심 있게 멀리 나가는 부류는 진보적이됐고, 정착하려는 부류는 보수적이 됐다는 분석이 있다. 맞는 거같다. 아버지는 태어나서 지금까지 같은 동네에서 살았다. 다른 지역의 문화, 다른 지역의 사람, 다른 지역의 생활습관을 겪어보지 못했다.

그래서 권위주의적이었다. 자녀에 대한 헌신을 보상받고 싶어했고, 자녀와 가족으로부터 인정받고 싶어 했다. 사랑에 목말랐다. 그 목마름을 자녀가 다 채워줄 수는 없었다. 아버지의 목마른 욕구가 권위주의적으로 나타났다. 아버지의 힘에 억눌려 살았다.

지금은 많이 괜찮아졌지만, 특히 30대 초반까지 나에게 불안증이 있었다. 그리고 권위에 약했다. 사회초년생이 가진 심리적인 불안감도 있었겠지만, 나는 불안증의 원인을 아버지로부터 찾는다. 아버지의 분노와 권위에 억눌린 경험이 무의식에 각인됐고, 불안증으로 변형됐다. 아버지라는 가족 내 사회적 대타자의 권위에 눌려 실제 사회정치적 권위에도 약해졌다.

원인을 알면 진단도 가능하다. 어떠한 삶의 변화가 발생했을 때 불안했다. 일을 더 이상 하지 못하게 됐을 때, 당장 급여가 없어졌을 때, 이직을 해야 하는데 잘 안됐을 때 불안감이 물밀듯이 밀려왔다. 손에 땀이 났고 가슴이 미어졌다. 내가 잘할 수 있을까, 자신이 없었다. 어떨 땐 과감히 일을 그만뒀지만, 얼마 지나지 않아 그 선택을 후회했다. 내가 왜 그랬을까. 잠을 이루지 못했다.

하지만 불안증이 나로부터 비롯된 것이 아님을 알게 됐다. 이건 내가 가진, 내가 어릴 때 내 마음속에 형성됐던 불안함 때문이었다. 어릴 적 경험과 환경이 불안증을 키웠다. 평소 일상에서는 나타나지 않았지만, 어떤 특별한 사건이 일어났을 때 불안증이 내 마음을 지배했던 것이다.

알고 나니 조절이 됐다. 이제는 불안증을 많이 극복했다. 원인을 알고 나니, 그 마음의 싹을 잘라낼 수 있었다.

권위에 약했던 면모도 어릴 적 커왔던 환경 때문에 형성된 것이었다. 나이가 어리고 가진 자원이 부족한 사람이라면 당연히 그렇지만, 나는 특히나 권위에 약했다. 직위가 높은 사람, 자원이 많은 사람이 부러웠고, 높은 사람을 가까이에서 대하고 그에게 내 의견을 제시하는 것을 어려워했다. 권위 앞에 서면 내 목소리가 작아졌고 떨렸다.

동등한 인간이라면 굳이 그럴 필요가 없었는데, 이유도 모른 채 권위에 눌려 있었던 것이다. 스스로 성장하면서 자연스럽게 극복한 부분도 있다. 근본적으로는 심리 기저에 깔려 있었던 어릴 적 권위에 대한 무서움이 지금 불안증으로 발현되는 것이구나, 그 무서움에 지금 무서움을 느꼈고 그것에 주눅 들었던 것이구나, 라는 점을 스스로 알아차렸다.

이제는 원인을 안다. 더 이상 권위에 눌리지는 않는다. 그저 존경할 사람을 존경하고, 배울 점을 배우고, 내가 할 주장은 하고, 다른 주장을 받아들이기에 이르렀다. 물론 역할에 따라 다르지만, 지위고하를 떠나 인간 대 인간으로 대하면 풀릴 일이다.

나는 정신의학과 의사도 아니고 심리학자도 아니다. 다만, 경험에 비춰 말하는 것이다. 현재 내가 느끼는 생각이 어디에서 비롯됐는지, 나를 객관화해서 제3자의 입장에서 마음을 바라볼 필요가 있다. 관조하는 것이다. 관조할 때, 내가 살았던 어릴 적 환경과 가정, 부모의 모습을 함께 반추해 봐야 한다. 그리고 마음의 물결의 원인, 무의식의 배경, 느낌의 이유를 알아차려야 한다. 반추해서 알면 편안해진다.

엄마

엄마는 어머니가 아니다. 엄마다. 나를 낳아주고 위로해 주고 삶을 응원해 주는 무한한 존재다.

　엄마는 1956년 충남 홍성에서 태어났다. 충청도 사람이다. 그런데 경상도로 멀리 시집왔다. 선을 봤고 결혼했다. 너무 멀리 시집을 온 게 의아했다. 엄마는 나에게 언젠가 말했다.

"당시에 언니가 동네 결혼을 했는데, 나는 동네 결혼이 싫어서 멀리 시집왔어. 그때 나를 좋아했던 남자가 있었는데 그와 결혼했으면 너는 없었어."

엄마는 충청도에서 경상도로 거의 이민을 온 것이다. 완전히 다른 환경에 내던져졌다. 엄마는 처음 시집와서 집을 보고 놀랐다고 한다. 시골 농민의 집은 허름했다. 집은 초가에 슬레이트만 얹은 구한말 때 지은 집이었다. 시부모가 있었고 시동생도 많았다. 20대 초반 여성의 고생이 시작됐다.

엄마는 주부였고 농민이었다. 남편과 같이 농사일을 했고 아이 셋을 낳고 키웠다. 시부모를 모셨고, 시부모와 남편과 아이의 밥상을 차렸다. 시동생을 시집, 장가보냈다. 대단한 체력이었다.

엄마는 큰누나를 낳고 이혼하려고 마음을 먹은 적이 있었다. 밤새 걸었다고 한다. 이혼을 해야겠다 마음먹었다가, 걷고 또 걷다가 아이를 생각해 다시 집으로 돌아왔다. 그 깊은 밤 스물 몇 살 외로운 여성의 고뇌가 느껴진다. 달 밝은 밤이었을까. 홀로 울었다. 그의 어깨를 토닥여 줄 사람은 누구도 없었다. 경상도 시골 먼 타지로 시집와서, 홀로 견딘 인고의 세월이었다. 누구도 도와줄 사람은 없었다. 엄마 자신만이 엄마를 지킬 수 있었다.

엄마의 남편은 자상하지는 않았다. 엄마의 남편은 일을 열심히 했다. 돈도 좀 벌었다. 엄마는 여러 면에서 불안한 결혼생활을 이어갔다. 나의 불안증의 일부는 엄마의 불안증에 공감하면서 발생했을 것이다. 나는 엄마가 불쌍하다고 여겼다. 하지만 나는 아무것도 할 수 없었다.

엄마는 힘들게 아이를 키웠고 노동했다. 그냥 견뎠다. 시집살이도 심했다. 할머니는 엄마를 괴롭혔다. 할아버지는 1990년대 중반, 할머니는 2000년 초반에 돌아가셨다. 할머니가 돌아가시고 엄마는 말했다.

"나의 편두통이 없어졌다."

엄마는 이중 삼중의 고통을 겪었다. 할 수 있는 일은 참는 일뿐이었다. 엄마는 힘들 때마다 혼자서 소리쳤다고 말했다. 논으로 밭으로 산으로 가서 혼자 소리쳤다. 누구도 함께 소리쳐 줄 사람은 없었다. 오직 혼자였다. 외로운 엄마.

나는 성인이 되고 나서, 엄마에게 이혼을 권유했다. 엄마가 이혼을 결심한 적도 있었다. 하지만 엄마는 이혼을 최종적으로 결정하지 않았다.

"내가 살아왔던 게 억울해서 이혼 못 해."

몇 년이 지나고 나는 엄마의 결정을 존중했다. 엄마도 엄마의 삶이 있다. 내가 강요할 문제가 아니다. 엄마 나름대로 삶의 방향과 결정이 있다. 자식이 강요할 게 아니다. 이해가 됐다.

엄마는 걸어 다니는 종합병동이다. 노동과 참고 산 삶의 결과물이다. 심한 노동과 심리적 타격이 화병과 질병이라는 심리적, 육체적 고통을 일으켰다.

엄마는 위장 이형성증 수술을 했다. 위암이 되기 직전의 상태였다. 뇌동맥류 수술도 했다. 뇌동맥의 꽈리가 터졌으면 뇌출혈이었다. 다행히 핏줄이 터지기 전에 핏줄을 감았다. 성대가 아파 목 수술도 했다. 설사병이 너무 심해서 몇 년을 고생했다.

류머티즘성 관절염은 달고 산다. 류머티즘은 불치병이다. 계단을 내려가다가 넘어져서, 부러진 고관절을 빼내고 인공관절을 심는 수술도 했다. 힘든 노동의 결과로 무릎 연골이 닳았다. 무릎 연골 재생술을 받았는데, 여전히 무릎이 아프다. 몇 년 전에는 급성 난청이 와서, 한쪽 귀가 안 들린다. 귀가 울리는 이명도 심하다. 불치병이다.

화병도 있고, 우울증도 있다. 심리적인 병이다. 나는 엄마를 많이 위로해 준다. 항상 행복하게 살아야 한다. 엄마가 스스로 즐거워야 한다. 남은 삶, 즐겁고 행복하게 살아야 한다. 건강을 잘 챙겨야 한다. 아프면 병원에 가야 한다.

우리나라 의학이 엄마를 살렸다. 의학이 없었다면 아마도 엄마는 이미 유명을 달리했을 것이다.

한동안 나는 엄마가 불쌍하다고 생각했다. 하지만 이러한 생각조차 오만한 것이라고 깨달았다. 엄마의 인생은 엄마가 사는 것이다. 아들이라고 뭐라 할 수도 없고, 아들의 생각을 주입하는 것도 바른 일은 아니다. 엄마가 주체가 되어 사는 삶이 중요하다. 한 인격체로서 엄마의 행복이 가장 중요하다. 엄마의 의견을 그래서 존중한다. 엄마의 남은 인생을 응원한다.

3.

시작

노무현

노무현 대통령은 나의 사회정치적 생각에 가장 많은 영향을 준 정치인이다. 노무현은 20년을 앞서간 정치인이다. '노무현 대통령님'이라고 칭하는 것이 예의에 맞지만, 친근감을 표하고자 존칭을 생략하고 노무현이라고 적고 싶다.

2009년 6월부터 국회에서 일했는데, 노무현은 그해 5월에 서거했다. 토요일 아침에 전화가 왔다. 지금은 아내가 된 당시 여자친구로부터였다.

"창민 씨, 큰일 났어. TV를 봐, 노무현 대통령이 돌아가셨어."

부스스 일어나 TV를 틀었다. 속보가 흘러나왔다. 노무현이 정말 서거했다. 믿기지 않았다. 부산대병원 등지에서 기자가 속보를 전했다. 정말 돌아가셨다.

당시는 이명박 정부 때였다. 이명박 정부의 검찰이 노무현과 그 가족을 수사했다. 노무현의 검찰 공개출두를 방송사가 생중계했다. 부산에서 서울로 달려가는 버스를 헬기에서 생중계했다. 그 버스에는 노무현과 변호인이 타고 있었다. 말이 안 되는 중계였다. 하지만 말이 안 되는 중계가 실행됐다. 노무현을 공개적으로 망신주기 위한 언론과 검찰의 전략이었으리라.

그렇게 노무현은 우리 곁을 떠났다. 나도 울었고 아내도 울었다. 수많은 국민이 울었다. 나와 아내는 시청 앞으로 갔다. 덕수궁 앞에 촛불 분향소가 차려졌다. 우리는 촛불을 켰다. 사람들이 모여들었고, 경찰도 왔다. 나는 울부짖으며 경찰의 방패를 막아섰다. 어찌할 바를 몰랐다. 그저 바닥에 앉아 함께 울었다.

상이 치러졌다. 나는 봉하마을에는 가지 못했다. 갈 자신이 없어 서울에 있었다. 영결식이 있던 날 시청 앞에 나갔다. 멀리서 운구차가 왔고, 덕수궁 앞에 서 있었다. 목놓아 울었다. 사람들이 운구차에 꽃을 던졌다. 시청 앞 광장을 가득 메운 사람들이 모두 울었고 노무현을 그리워했다. 우리가 노무현을 지켜주지 못했다. 검찰과 언론이 노무현을 공격할 때, 그를 지켜주지 못했다. 죄책감과 미안함, 아쉬움, 그리움이 뒤범벅돼 목놓아 울었다. 운구차는 멀어졌다.

광장 위 전광판에 뉴스가 나왔고 이명박의 얼굴이 보였다. 사람들이 소리쳤다. 막말을 했다. 나도 이명박의 얼굴에 대고 소리쳤다. 이명박 얼굴에 막말을 하지 않고서는 견딜 수 없었다.

그가 떠난 지 약 15년이 지났지만, 여전히 나는 그가 그립다. 20년을 앞서간 정치를 한 노무현. 지금의 민주공화정, 우리나라의 민주주의는 김대중 대통령과 노무현 대통령의 유산이다. 특히, 나를 비롯한 40대는 노무현 세대라고 불린다. 노무현의 당선과 성공, 그리고 퇴임, 서거를 모두 20대에 지켜본 세대다. 현재 40대의 정치적 감수성은 노무현으로부터 만들어진 게 많다. 김대중 대통령도 큰 영향을 미쳤지만, 김대중 대통령은 10대 후반과 20대 초반인 2002년까지 경험한 것이라, 우리 세대가 명확한 정치적 기억을 갖기에는 한계가 있다.

노무현 정신은 늘 우리 곁에 있다. 탈권위주의와 참여민주주의, 소탈함, 소통과 경청의 정치. 지금도 노무현의 영상은 우리에게 감명을 준다. 지금의 대통령이 이상한 정치를 할 때마다, 노무현의 연설과 행동이 반면교사로 회자될 정도다. 우리는 노무현의 유산 위에 서 있다.

대학생 때는 노무현과 함께했다. 2002년 노무현이 대통령에 당선됐을 때 뛰어가면서 혼자 소리를 질렀다. 2002년 12월 대선 투표 날, 나는 동네 선배들의 권유로 투표참관인을 했었다. 좋은 경험이었다. 그날 화양동 어느 투표소에서 투표참관인을 하고 집으로 돌아가는 길에, 투표 출구조사에 노무현 후보가 이회창 후보를 이겼다는 보도를 하고 있는 TV를 식당 문틈 사이로 봤다. 길 위에서 날뛰면서 기뻐하며 집으로 갔던 기억이 난다. 얼마나 기뻤는지. 개표 결과도 노무현의 신승이었다.

노무현은 후보가 되는 과정도 극적이었다. 당시 새천년민주당에서는 이인제 후보가 대세였지만, 노무현이 역전했다. 호남 광주에서 노무현이 이기면서 반전에 성공했다. 이인제 후보가 색깔론을 펼치자 "그렇다면 아내를 버리라는 말입니까."로 단숨에 반격하던 노무현이었다.

본선에 들어가서도, 2002년 남자축구 월드컵으로 인기가 상당히 높았던 정몽준 후보와 단일화를 실시했는데, 여론조사 결과를 생중계해 주던 광경이 아직도 기억난다. 결국 노무현 승. 극적이었다. 선거 전날에 정몽준 후보가 노무현에 대한 지지 철회를 했지만, 오히려 지지층과 중도층이 노무현에게 결집하면서 노무현이 대통령에 당선됐다.

당시 선거 기간 중에, 여의도에서 농민집회가 있었는데 그때 학교 선후배와 함께 갔다. 노무현 후보도 연설을 했는데, 어디에선가 달걀이 날아왔고 노무현이 맞았다. 그런데도 노무현은 흔들

림 없이 연설했다. 달걀을 던진 사람을 꾸짖지 않았다. 당시 집회 현장에 있었는데, 지금도 노무현이 달걀을 맞은 화면이 사람들에게 회자된다.

무려 여당 대통령 후보가 달걀을 맞고도 꿋꿋하게 연설을 이어가는 모습, 달걀을 던진 사람을 폭력을 휘두른 사람으로 낙인찍기보다는 달걀을 던진 이유에 대해 공감하는 모습. 노무현이기 때문에 가능한 태도다.

심지어 노무현은 탄핵소추도 됐었다. 그때 나는 "노무현 탄핵 반대, 국민이 뽑은 대통령을 누가 해임하나, 반대한다." 구호를 외치며 광화문우체국 앞에서 사람들과 함께했다. 나에게 노무현은 그런 대통령이었다. 그런 사람이었다.

2009년 6월 국회에 처음 출근했던 날이었다. 첫 출근일이 6월 1일이었을 것이다. 국회의원회관 현관으로 걸어갔던 길 위의 기억이 선명하다. 그때 나는 생각했다.

'노무현이 돌아가시자마자 내가 국회로 출근하는구나. 노무현의 정신을 잊지 말자.'

스물여덟 젊은이는 이렇게 생각하며, 첫 출근을 했다. 지금도 노무현을 생각하면 코끝이 찡하다.

권영길

결혼을 했는데 주례는 권영길 대표님이 봐주셨다. 국회에서는 인턴으로 처음 일했는데, 권영길 국회의원실에서였다.

운이 좋았다. 대학생 시절, 국회 비서관 또는 보좌관이라는 직업이 있었는지 알지 못했다. 선배의 소개로 처음 겪어보는 일이었고, 그렇게 시작해 최근까지 보좌관으로, 별정직 공무원으로 일했으니 보좌진이라는 직업 세계에서 반쯤은 성공한 것이라 생각한다. 우연이 필연이 됐다. 우연으로 발들인 곳에서 일을 계속했으니 필연이 됐다.

스물여덟 살 사회초년생은 처음부터 좋은 선배와 동료, 국회의원을 만났다. 사회경험 처음부터 너무 좋은 환경에서 일하는 것은 엄청난 행운이지만, 반대로 보면 삶은 전쟁터라는 말이 있듯이 처음의 좋은 경험이 나중의 나쁜 경험에 적응하는 기간을 늘린 면도 없지 않다. 처음의 경험이 너무 좋았던 나머지, 그만큼 낙폭이 컸다. 권영길 의원실은 좋은 곳이었다. 선후배 간 팀워크가 좋았고, 서로 존중했고, 가치 지향적이었고, 권 대표님도 매우 존경할 만한 분이었다.

당시 18대 국회는 임기가 2008년부터 2012년까지였는데, 권 대표님은 당시 재선 의원이었다. 진보정당 최초의 지역구 재선 의원이었고, 대통령 후보까지 지낸 존경받는 정치인이었다. 이때를 돌이켜 보면, 22대 국회의원 선거에서 단 한 석도 얻지 못한 진보 야당의 상황은 안타깝다. 국민의 선택이 무섭다.

임기 말미에, 권 대표님은 불출마를 선언했다. 선배가 기자회견문을 몇 날 며칠 썼다. 문구 하나하나에 정성을 들였고, 명문이었다. 대표님은 3선에 도전해도 당선이 가능한 상황이었지만, 정치인으로서 불출마를 선언했다. 당시 여러 가지 진보정당의 상황과 진보정치의 발전을 위해 대표님은 선배 정치인으로서 불출마를 선언했고 헌신했다. 너무 멋있었다. 사익이 아닌 공익을 위해, 우리 사회의 진보정치를 위해, 자신의 정치 행위에 대한 책임감에서 3선 불출마를 선언했다.

대표님은 불출마했지만, 이후 경남 창원시 성산구에서는 부침이 있긴 하지만 고 노회찬 국회의원 등 민주진보계열의 정치인이 지속적으로 당선됐다. 대표님이 뿌려놓은 씨앗 덕분이다.

불출마하던 날, 대표님은 불출마 선언을 했고, 우리는 함께 울었다. 선택을 존경했고 존중했다. 불출마는 헌신이다. 정치적 욕심을 버리고 대의를 선택하는 일이다. 정치인이라면 쉽게 결정할 수 없는 선택이었다. 이것을 대표님은 했다. 함께 준비했고 함께 울었다. 정치인은 무릇 그래야 한다고 생각하는 정치인의 모습을 그때 현장에서 직접 목도했다. 행운이다.

시인 이형기는 〈낙화〉에서 "가야 할 때가 언제인가를 분명히 알고 가는 이의 뒷모습은 얼마나 아름다운가"라고 썼다. 시구가 아름다운 건 그만큼 현실에서는 아름다운 모습이 적다는 반증이다. 스스로 선택해서 떠나는 이의 뒷모습은 멋있었다. 종종 정치인들의 뒷모습은 아름답지 못하다. 떠날 때임에도 적절히 떠나지 못하는 정치인이 많다.

사실, 우리나라에는 존경할 만한 좋은 정치인이 적다. 사람들은 국회의원과 정치인을 욕하기 바쁘다. 정치 혐오증이 만연한 것도 사실이다. 하지만 선거로 선택된 정치인이 나라와 사회의 굵직한 의사결정을 하고, 우리 사회의 미래 비전을 설계한다. 그래서 정치가 중요하다. 고전적 의미로 정치는 '자원의 권위적 분배'라고 배웠다. 자원을 많이 가진 사람이나 적게 가진 사람이나, 정치를 수단으로 적절한 자원을 분배받는 것이 정치다.

대표님은 정치라는 정의를 현실에서 실천했던 존경받는 정치인이다. 권영길의 정치를 본받을 수 있을까. 앞으로의 과제다.

권영길 의원실은 많은 일을 했다. 교육과학기술위원회 소속이었다. 당시 이명박 정부에서는 교육과 과학기술을 일본의 문부과학성 모델처럼 통합해서 부처를 운영했다. 권영길 의원실은 지금은 정착된 무상급식과 취업 후 학자금대출 도입, 과학기술 연구원과 시간강사 처우 문제, 과학기술의 발전을 위해 일했다. 결국 사람에 대한 일이었다.

무상급식 정착을 위해 엄청 노력했다. 다행히 지자체와 광역교육청의 제도 도입과 국민들의 지지로 초, 중학교 무상급식이 정착할 수 있었다. 초등학교를 다니는 딸아이에게 지금도 자랑스럽게 말한다.

"지금 학교에서 급식 먹잖아, 이거 나라에서 무료로 주는 거야. 알고 있었어? 학교에서 급식 먹으니까 맛있고 편하지? 아빠 어렸을 때는 도시락을 싸서 들고 다녔어. 네 할머니가 매일 도시락 싸주셨는데, 힘드셨을 거야. 무상급식 도입하는 데 아빠가 조금은 기여했어. 아빠 잘했지?"

"그래?"

딸은 내 말에 큰 관심을 두지 않는다. 무상급식은 이제 당연한 일이 됐다. 그러면 됐다. 초, 중학교 무상급식이 아이들에게는 일상이 된 것이니까. 대표님과 함께, 선후배와 함께 일했던 것 중 가장 자랑스럽게 생각하는 일이다.

당시 보수정당은 무상급식에 쌍심지를 켜고 반대했다. 당시 그들의 구호는 "이건희 손자에게도 공짜 점심을 먹여야 하는가."였다. 무상급식은 아이들만의 사업이 아니다. 무상급식이 없다면 도시락을 누가 싸야 할까. 부모가 매일 아이 도시락을 싸줘야 한다. 얼마나 힘든 일인가. 그리고 당시에도 저소득층 아이들에게는 급식을 무료로 제공했는데, 낙인효과가 너무 컸다. 누군가에게만 밥을 무료로 주는 것은 아이들에게 상처 주는 일이다. 교실에서 대상자를 호명하는 일도 있었다. 교육현장에서 그럴 수는 없다.

정치를 수단으로 무상급식 같은 더 많은 개혁적 의제가 실현되어, 국민의 생활이 조금씩 개선돼야 한다. 우리에게 과제가 산적해 있다.

대표님을 수행해 노동쟁의 현장에도 많이 갔다. 현장 교과서였다. 그 시절 평택 쌍용자동차 정리해고 반대 쟁의 현장에도 몇 번 갔다. 날도 몇 번 새었던 거 같다. 처절한 싸움이었다.

투쟁이 끝나고 이명박 정부는 배상금 소송 등으로 노동조합과 조합원을 괴롭혔다. 천문학적인 배상금으로 조합원들은 고통을 받았고, 정리해고로 낙심했다. 심지어 스스로 생을 마감하는 분도 있었다. 비극이었다. 당시 정부가 사람을 죽음으로 내몬 것이나 다름없다. 치졸했다. 돈으로 사람을 괴롭혔다.

국회 교육과학기술위원회 상임위 회의가 열렸다. 나는 질의서를 썼다. 스스로 목숨을 끊은 조합원의 아이들이 걱정이었다. 돌아가신 부모와 지속되는 쟁의 상황으로 아이들, 청소년도 트라우마로 고통을 받았다. 민간 의료계에서도 아이들과 청소년을 심리적으로 돌보는 사업을 진행했다. 당시 장관에게 대표님이 질의했다. 아이들의 트라우마와 심리적 고통을 교육과학기술부가 챙겨야 한다고. 필요한 예산을 투입하고 민간 의료계와도 소통해야 한다고. 당시 장관도 공감했고, 잘 살펴보겠다고 답했던 기억이 난다.

시간강사 처우 개선도 중요한 의제였다. 대학 내 비정규직 문제였다. 시간강사는 강사료도 적었고 신분도 불안정했으며 쉽게 잘렸다. 학생을 잘 교육하려면 선생님이 안정적이어야 하는데 그렇지 못했다. 선생님의 기반이 흔들리면 교육도 흔들린다. 이러한 문제의식은 많은 사람이 공감하지만, 실제 실현되기에는 어려운 문제다. 수천 명에 달하는 시간강사를 일시에 정규직화하는 게 어려웠다. 국공립대학도 있고 사립대학도 있다. 쉽게 보면 국공립대학은 인건비 예산과 교수 정원을 제도적으로 늘리면 시간강사 정규직화를 어느 정도 이끌 수 있겠지만, 사립대학은 민간 영역임에 따라 강제할 수 있는 근거도 약했다.

시간강사 노동조합과 소통했다. 방법을 찾고 싶었다. 시간강사를 정규직화할 수 있는 방안을 만들고 법안으로 제도화해야 한다. 우선, 부처에서 자료를 받았다. 대학별 정규교원 확보율 자료였다. 선진국에 비해 낮았다. 정규교원이 적으면 시간강사가 늘어난다. 반대로 시간강사 등을 정규교원으로 채용해 정규교원이 늘어나면 시간강사는 줄어드는 것이다. 그거였다. 법안을 만들었다. 고등교육법 개정안이다. 대학에서 일정 기간 이상 강의하는 경우 정규교원으로 채용해야 하고, 학생 교육 내실화를 위해 교원 확보율을 일정 비율 이상 유지해야 한다는 법안이었다. 이 법안은 임기 말까지 최종적으로 통과되지 못했다. 다만, 시간강사 처우 문제를 해결하기 위한 다양한 방안 중 하나였고, 현장과의 소통의 결과물이었다.

이런 부분도 있었다. 당시 여당과 상임위에서는 시간강사의 정규교원 채용은 강제하기 어렵다고 보고, 시간강사의 수당 확대와 휴식공간 마련 같은 복지 개선으로 일부 제도개선을 추진하려고 했다. 하지만 시간강사 노동조합에서 강하게 반대했다. 노동조합의 강한 반대로, 임기 전까지 상임위에서 관련 개선안이 통과되지 못했다. 우리 의원실도 반대했다. 다만, 18대 국회 임기 막판에 복지 개선안이 통과됐다.

　제도개선의 수위를 어느 정도까지 해야 할지는 항상 논쟁의 대상이다. 제도개선 자체도 지금보다는 나아지는 것이고 의미가 있으니 일단 조금이라도 개선을 하자. 아니다. 근본적인 제도개선이 아니면 의미가 없으니, 개선할 때 근본적으로 개선해야 한다. 두 주장이 맞부딪힌다. 둘 다 맞는 말이다. 그 사안을 어떻게 바라보는지 가치판단의 문제다.

　다만, 근본적으로 바꾸기 위해서는 상대적으로 합의하기 어렵다. 근본적으로 바꾸는 건 어렵기도 하지만, 많은 제도적 변화가 필요하기 때문에, 특히 보수적인 입장에서는 쉽게 받아들이기 힘들다. 예산도 많이 들 가능성이 크다. 시간강사 처우 개선 논쟁에서도 같은 논쟁구도가 있었다. 시간강사의 정규교원 채용이 근본적인 문제 해결이다. 하지만 이것은 채용 문제, 예산확보 문제, 민간 설득 문제, 등록금 인상으로 이어질 수 있는 문제 등 다양한 해결책이 동반되어야 한다. 그래서 특히, 정부부처와 사립학교, 보수정당에서 반대했다. 그래도 당시 사회적 문제인 시간강사 처우 문제를 조금이나마 해결하기 위해 야당이 나서 복지 개선이라는 우회로를 결정한 것이다.

　개혁은 언제나 어렵다. 조금씩 바꿔나가는 것도 아예 하지 않는 것보다는 낫다. 목표는 혁신적인 변화에 두더라도, 현실을 인정하고 실용적으로 접근해 나간다면 조금씩 변화를 이룰 수 있지 않을까. 아예 변화를 반대하는 것보다는 진일보한 것이다.

　나의 첫걸음. 권 대표님과 선후배, 동료. 좋은 경험이고 좋은 기억이다. 직업적 가치관을 정립하는 계기가 됐다. 직업적 동료의식을 배웠다. 지금까지 내가 국회에서, 서울시에서, 선거현장에서 일할 수 있는 원동력이었다.
　그때 배운 역량과 실력, 정체성으로 지금까지 밥벌이했고, 직업 현장에서 살아남았다. 3년 동안의 일 경험이 지금의 나를 만들었다.

4.

서울

서울, 청년

2009년부터 2015년 상반기까지 약 6년간 국회라는 곳에서 일했다. 직급이 없는 인턴 비서부터 정책비서, 5급 상당 비서관까지 했으니 30대 중반까지 보좌진이라는 직업을 나름 성공적으로 영위했다고 볼 수 있다. 하지만 공허했다.

여의도는 지리적으로 섬이지만, 진짜 섬에 갇힌 느낌이었다. 현재 상황에 적응한다기보다 새로움을 찾고자 하는 성향도 영향을 미쳤다. 여의도를 떠나 대구에서 반년 정도 업무를 하기도 했다. 딸아이가 갓난아기였을 때인데, 주말부부를 처음 해봤다. 경북 출신이었고 정당 내에서 대구, 경북 출신의 역할이 있다고 생각했다. 노무현의 유지라는 거창한 생각도 했던 거 같다. 하지만 나의 목표를 만족시켜 주지는 못했다.

국회 일에서 잠시 떠나 있기로 마음먹었다. 억지로 일하는 건 싫었다. 뜻을 갖고 뜻을 함께하는 일을 하고 싶었다. 그렇다고 내가 부자는 아니다. 밥벌이도 해나가야 했다. 이상과 현실을 적절히 조화시키는 것이 내 인생의 과제였고, 지금의 과제이기도 하다. 먹고사는 문제를 해결할 수만 있다면, 하고 싶은 뜻깊은 일을 더 잘할 수 있으련만.

젊은 시절 정치적인 것에 관심을 두다 보니, 자연스럽게 청년정치 또는 청년정책과도 약간씩 연관을 맺었다. 청년유니온이라는 최초의 세대별 노동조합이 2010년에 만들어졌고 사회정치적으로 관심을 많이 받았다. 청년유니온을 만드는 데 내가 큰 역할을 한 것은 아니고, 처음 만들 때 조합원으로 가입했다. 월 1만 원 회비를 내는 정도였고, 주요한 활동가와 친분이 있는 정도였다. 마음으로 응원하고, 그 지향에 공감했다.

일을 어떻게 해야 할까 고민하고 있던 차에, 서울시에서 만든 '청년허브'라는 기관의 역할에 대해 전해 들었다. 여의도라는 섬이 아니라, 현장에서 소통하고 일해보고 싶은 열정이 마음에 일었다. 국회라는 입법부를 떠나, 행정의 영역에서 역량을 쌓고 싶은 욕망도 들었다. 지원했다. 다행히 함께 일할 수 있는 기회를 얻었다.

청년허브는 영어로 youth-hub라고 쓴다. 청년이 중심이면서도, 청년이 모이는 중심의 역할을 한다는 뜻이다. 일반적으로는 청년센터 또는 청년지원센터라고 명명하지만, 청년허브라는 새로운 느낌의 이름을 붙인 건, 그만큼 당시에는 새로운 시도였다는 의미다. 청년허브는 은평구의 옛 질병관리본부 부지에 있었다.

이곳에서 나는 PM으로 일했다. PM은 프로젝트 매니저라는 말이다. 특정 사업 또는 연구용역을 할 때 그 사업 프로젝트를 총괄 운영하는 사람이다. 청년허브는 서울시의 민간위탁기관이었고 서울시 사업비로 운영됐지만, 추가적인 사업비를 받아서 사업을 추진하기도 했는데 그 사업비 안에 나의 인건비가 포함돼 있었다.

2년간 일하는 비정규 계약직이었는데, 오히려 나는 좋았다. 국회 보좌진도 별정직 공무원으로 언제든 그만둘 수밖에 없는 신분이다. 언제든지 자의 반 타의 반으로 그만둘 수 있다는 거다. 언제든지 그만둘 수 있기 때문에, 언제든지 다시 시작할 수 있다. 이것이 그 직업의 장점이다. 내가 할 수 있는 만큼 일하고 다른 새로운 의미 있는 일을 찾아 나서는 건 불확실성과 불안정을 내포하지만, 그 단점을 장점으로 승화시키고 싶었다. 그렇다고 비정규 계약직 제도의 문제점을 그대로 좋다고 인정하는 것은 아니다. 잘못된 것은 현실에 맞게 분명 개선돼야 한다.

연구담당 PM으로 일했다. 행정적인 일을 풀어내는 건 나에게 새로운 일이었고 흥미로웠다. 사람들도 그동안 내가 겪었던 사람과 성향이 달랐다. 일단 우리는 회사에서 별명을 불렀다. 미국이나 우리나라 스타트업에서 이제는 일반화된 별명 부르기 말이다. 나이, 직급, 성별을 떠나 모두 동등하다는 의미다. 서로 존댓말을 했다. 나이가 많고 직급이 높은 사람이 낮은 직원에게 반말을 하고, 그 반대에선 존댓말을 하는 문화를 버린 것이다. 어색했다. 하지만 곧 적응했다. 나는 별명을 따로 만들지는 않았다. 이름 그대로 창민이었다.

동료의 재밌는 별명이 많았다. 버드, 오름, 양갱, 전군, 양군, 쑴, 쑤나. 모두 편하게 말하고 편하게 소통했다. 사실, 어색함도 좀 있었다. 하지만 나는 그것이 나름 의미 있고 좋은 문화라고 생각한다. 다시 그러한 문화 속에서 일할 수 있는 날이 올까.

별명 부르기 이후로 나는 직장에서든, 사회에서 만난 사람이든, 나이가 적은 사람 또는 후배에게도 존댓말을 쓴다. 나이를 묻지 않는다. 나이가 많고 적은 건 중요하지 않다. 오히려 반말을 하는 게 어색할 지경이다. 어떤 후배는 반말로 말해달라고 호소하기도 한다. 선배가 후배에게 반말을 해야 더 친하다는 논리다. 그럴 수도 있고, 아닐 수도 있다. 다만, 여러 문화가 상존한다. 그러한 것도 존중한다.

연구담당 PM으로서 주요 업무는 작은 연구모임을 지원하는 일이었다. 청년활동 중에서 연구활동을 하는 모임과 단체에 소규모 연구의 기회를 주는 임무였다. 팀별로 작게는 500만 원 많게는 1천만 원 정도 연구비를 지원해 주고, 결과물을 공개하고 토론하는 일이었다. 사업 선정은 공모와 심사를 통해 진행했다. 재기발랄한 주제가 많았다. 청년 프리랜서, 일베에 대한 미러링, 청년 주거, 청년 마음건강, 공간 사업, 퇴사, 갭이어, 일자리 등 다양한 관심주제가 작은 연구로 다뤄졌다. 결과물도 모두 공개했다. 청년정책 초창기, 청년 관련 주제로 생산적인 연구가 이뤄졌다.

많은 사람을 만났다. 청년이 입사하기 전에 해당 회사의 정보를 미리 확인해 알려주고 인턴교육사업을 했던 '커리어투어', 마음건강이라는 주제로 청년들을 상담했던 '좀놀아본언니들', 청년 불안정 노동을 주제로 많은 활동과 연구를 진행했던 '청년유니온', 청년 주거문제를 제기하고 실제 협동조합을 만들어 현실적 대안도 모색했던 '민달팽이유니온'. 수많은 사회적 친구를 그때 만났다. 살아남기 위해 역량을 쌓고 돈을 벌어야 한다는 직업적인 것에만 천착했던 나에게, 새로운 방식의 활동을 보여준 좋은 동료였다.

머릿속에만 떠돌았던 현장과의 소통 방식을 실제로 체득하는 시간이기도 했다. 내가 현장 속으로 들어가 실제 활동하면서 활동하는 사람들과 소통하고, 내가 할 수 있는 만큼 조언하고 컨설팅해 줬다. 비슷한 뜻을 둔 사람끼리 진정으로 소통하는 것은 가슴을 뛰게 한다. 한 사람이 열 걸음 가는 것보다, 열 사람이 한 걸음을 같이 가는 게 더 소중할 수 있다.

새로운 일도 시도했다. 활동의 영역뿐 아니라 브리핑의 영역도 새로 넓혔다. 당시 청년정책의 메카는 서울시와 성남시였는데, 청년정책을 갈무리하고 전파하는 역할도 청년허브가 맡았다. 별 건 아니지만, 그날그날 젊은 세대와 관련된 보도를 갈무리하고 간추리고 이미지화해서 페이스북에 공유했다. 엄청나게 많은 사람들이 본 것은 아니었겠지만, 청년허브가 정책기관으로서 한 걸음 더 나아가는 데 기여하기 위해 노력했다.

격일로 하는 브리핑 작업은 재미있었다. 간추린 브리핑 공유에서 더 나아가, 약간의 논평까지 덧붙여 공개되는 수순이 필요했지만, 시간상, 여건상의 문제로 그렇게까지 시도해 보지 못했던 건 아쉬운 부분이다.

일하던 중 직책은 연구홍보팀장으로 바뀌었지만, 하는 일은 비슷했다. 소규모 연구사업을 진행했고, 서울청년정책네트워크라는 청년활동가 모임을 정책적으로 지원하는 일을 계속했다. 다양한 제안 의제를 간추리고 정리해서, 활동가들이 서울시에 잘 제안할 수 있도록 도왔다. 좋은 성과도 많이 냈다.

이때 제안된 사업이 청년수당, 청년 마음건강, 청년 월세 지원, 서울진입 청년 웰컴키트 사업, 뉴딜일자리, 청년 금융교육사업, 프리랜서 지원, 청년 시정참여 확대 사업 등이었다. 이 사업은 서울시장이 바뀐 지금도 많은 부분 계승돼 시행되고 있다. 전국적으로도 많은 호응을 받았다. 실생활에 꼭 필요한 정책이 시민으로부터 직접 제안을 받아 시행됐다. 청년 시민이 시정에 참여한 성과물이다.

청년허브는 젊은 사람들이 꾸린 조직이었다. 서울시 소속기관이기도 했지만, 스타트업 같은 시범사업 형식이었다. 항상 꿈틀거리고 주장이 많았다. 서로 화합도 했지만 서로 갈등하기도 했다. 어떤 조직이든지 삐걱거리면서 목표를 향해 나아가는 것 아니겠는가.

비정규직의 정규직화 문제가 조직 내 큰 갈등으로 터졌다. 2년 계약인 비정규직 동료가 계속 일하고 싶지만, 계속 일할 수 없는 상황이 닥쳤다. 위탁기관은 정원을 매년 서울시로부터 승인받아야 하는데, 그 이상의 정원을 배정할 수 없기 때문이다. 정원은 정해져 있는데 일이 많으니, PM과 같이 사업비에 인건비를 넣어서 인력을 운영할 수밖에 없다. 이러한 문제는 일반 공공기관에서도 발생하는 문제다. 정원을 무한정 늘리기에도 예산상 한계가 있다. 적정한 인원을 현실적으로 확인하고 그에 필요한 예산과 정원을 확보해 나가야 할 일이다. 행정과 현장, 기관이 협력해야 하는 일이기도 하다. 언제나 중심이 사람에 있다면 갈등이 발생할 여지는 적다. 문제는 그게 잘 안된다는 것. 쉽게 풀릴 수 있는 문제도 복잡해지는 근본적 원인이다.

당시, 만약 1명의 비정규 직원을 정규직화하기 위해 서울시 청년정책담당관이 발 벗고 나섰다면, 만약 예를 들어 정원이 20명이었는데 필요 인력을 계산해 보니 내년부터는 21명으로 늘려야 한다고 서울시가 미리 승인해 줬다면 갈등이 발생하지 않았을 수도 있다. 하지만 행정절차가 이렇게 간명할 리 만무하다. 행정이 미리 나서서 문제를 해결할 리 만무하다. 공무원과 행정조직이 움직이려면 시간과 명분이 필요하다.

조직 내 구성원 간 의견이 갈렸고, 파벌이 나뉘었다. 비정규직을 정규직화해 줘야 하고 이를 위해 센터장이 적극 나서야 한다는 의견, 그리고 이 문제에 대해 왜 센터장을 공격하느냐는 의견이 맞부딪혔다. 다 맞는 말이지만, 나는 비정규직의 정규직화에 공감이 갔다. 최소한 일을 하고 싶어 하는 직원을 정규직화해 줘야 하는 것은 당연한 거 아닌가. 불가능한 일도 아니었다.

2년을 초과해 일하면 무기계약직으로 본다는 법률도 있는데, 이 법률은 그래서 2년 미만으로 계약직을 사용하는 법률로 악용되는 측면도 있다. 2년까지 일하는 것을 수용하는 사람이 있는 반면, 더 일하고 싶은 사람도 있다. 노동자의 의사를 우선 존중하고, 법률의 취지대로 무기계약직으로 보는 것이 타당하다.

당시 노동문제를 공부하면서 계약직의 암묵적 근로계약 갱신 기대권이라는 권리도 알게 됐고, 포괄임금제의 문제점도 알게 됐다. 역시 어떤 일을 겪어봐야 그 일을 잘 알게 된다. 모두 노동권을 지키기 위한 일이다. 일하는 사람을 보호하기 위한 일이다. 근로계약 갱신기대권은 지속적으로 일하고 싶은 계약직 노동자를 위한 권리다. 포괄임금제는 야근과 특근이 많은 노동자의 임금을 보장하기 위해 축소되어야 할 관례다.

갈등은 결과적으로 잘 마무리됐다. 노동권을 중요하게 여겼던 서울시는 해당 직원을 정규직화했다. 청년허브의 정원을 늘려 그를 정규직으로 채용했다. 비정규직의 정규직화라는 선례를 또 하나 만들었다. 하지만, 서로 화합하던 조직 문화는 안 좋아졌다. 퇴사자도 생겼다. 표면적 갈등은 봉합됐지만, 내재적 갈등은 봉합되지 못했다. 한번 금이 간 사람의 마음은 잘 아물지 않는다. 서로의 생각이 달랐고, 서로 믿고 의지했던 조직 내 사람 관계도 달랐던 것이 원인이었다. 결국 신뢰의 문제다. 복잡한 문제도 쉽게 풀릴 수 있는 건 신뢰 관계가 형성돼 있을 때의 일이다. 작은 일도 신뢰가 없으면 풀릴 수 없다.

나는 갈등 과정에서 노동조합 지부장이라는 역할도 잠시 맡았다. 살면서 처음으로 노동조합 간부를 한 것이다. 소중한 경험이다. 위탁기관 종사자로 노동조합이 구성됐고 이름이 서울혁신파크유니온이었다. 나는 그 아래 청년허브지부의 지부장이었다. 노동조합 위원장은 태호 형이었다. 그도 서울혁신파크라는 위탁기관에서 일하는 직원이었다. 위탁기관의 비정규직 문제와 직원의 노동문제를 해결하기 위해 합심했다. 마음의 상처를 받은 동료의 마음을 보듬기 위해 노력했다.

노동조합을 꾸려나가면서 가장 중요한 일은 결국 청년허브 조직 문화를 더 인간적으로 만드는 것이었다. 마침 청년허브 위탁 기간이 종료되는 시점이었다. 그래서 발 벗고 나섰다. 새로운 위탁기관을 찾아서 위·수탁 선정을 받기 위해 노력했다. 당시 주변 인을 통해 개혁적인 학풍으로 유명한 학교법인의 교수님과 소통했다. 사회적으로 존경받는 교수님이었다. 직접 연락하고 이메일을 보냈다. 간절했다.

나와 동료가 교수님을 설득했고 서울시 위·수탁 공모에 참여했다. 발표자료를 열심히 만들었다. 청년허브와 청년정책의 미래를 설계했고 업무를 일목요연하게 정리했다. 될 수 있을 거 같았다. 기대했다. 심사를 위한 발표는 다른 교수님이 맡았다. 하지만 떨어졌다. 기존에 위·수탁을 받고 있었던 더 큰 학교법인이 다시 위·수탁 기관으로 선정됐다.

정량평가가 있고, 정성평가가 있다. 심사의 뒷이야기를 들어보면, 정성평가에서는 우리 팀이 이겼지만 정량평가에서 크게 졌다고 한다. 정량평가는 법인의 자산과 재무상태, 직원 수 등을 숫자로 평가하는 방식인데, 큰 법인일수록 점수가 높다. 그래서 졌다.

다시 청년허브를 맡은 법인은 지역 문화재단에서 오래 일한 사람을 센터장으로 보냈다. 그들의 권한이었다. 그래서 갈등이 다시 나타나기 시작했다. 노동조합 지부장으로서 나는 소통을 위해 노력했다. 비정규직의 정규직화를 위해 서울시는 정원 일부를 더 늘렸다. 하지만 센터장은 현재 존재하는 비정규직을 단번에 정원 내 정규직으로 전환하지 않았다. 다른 기관에서의 관례와 채용의 공정성을 이유로, 별도의 내부 공채를 진행했다. 이 부분이 기존 직원의 자존심을 무너뜨렸던 거 같다. 정규 직원들도 미안해했다. 동료들이 반발했다. 나는 센터장을 설득했지만 잘 안됐다. 내부 채용의 대상이 되는 비정규직 직원들이 채용에 응하지 않았다. 분위기가 많이 안 좋아졌다. 공기가 무거워졌다. 제도로 풀 수 있는 문제가 있는 반면, 그 전에 공감으로 풀 문제가 있다. 어쩌면 제도적이고 이성적인 것보다 감성적이고 공감하는 태도가 더 중요할 수도 있다. 결국, 사람이 하는 일이다.

비정규직 이슈에서 비슷한 논쟁이 많이 일었다. 비정규직을 정규직화할 때, 기존 정규 직원의 반대를 무마하고 공정성 확보를 위해, 별도의 채용 절차를 통해 정규직화를 추진하는 경우가 많다. 그럴 수 있다.

공채에 응시할 준비를 하고 있고 특히, 좋은 기업이라고 평가받는 곳에 지원하려는 취업준비생의 경우, 비정규직의 정규직화에 부정적 입장을 갖는다. 회사 내부에서 비정규직이 정규직으로 이동하면, 그만큼 신규 채용 인원이 줄어들 수밖에 없기 때문이다. 정규직으로 변환된 직무가 채용 직무와 실제로 다르더라도, 정서적으로 그렇게 생각할 수 있다. 이해된다. 모두가 처한 상황에 따라, 생각이 다르다. 결국 사회적 합의의 문제다.

나는 퇴사를 선택했다. 괴로웠다. 정답은 없었다. 정규직화라는 문제가 다시 발생했고, 이를 해결하지 못했다는 부담이 있었다. 2년 반 일했던 청년허브를 그만뒀다. 그때쯤 실망한 많은 동료가 그만뒀다. 내가 해결한 일도, 해결하지 못한 일도 있다. 모든 문제를 풀 수는 없다. 그럴 능력도 부족하다. 할 만큼 했다는 것에 위안 삼는다. 홀가분했다.

아, 서울시

2018년 6월 민선 7기 서울시장 선거가 다가왔다. 경선이 시작됐다. 당시 서울시장과 2명의 후보가 경선에 맞붙었다. 나는 경선 캠프에서 청년본부와 함께했다. 당시에는 청년정책과 청년정치, 청년활동 같은 젊은 계층에 관한 부분이 주목을 받았다. 청년실업 문제가 심각했고, 세대교체에 대한 열망도 높았다. 청년수당, 청년배당, 청년기본소득이라는 획기적인 정책들이 서울시와 성남시를 중심으로 시도됐다. 많은 시민들이 호응했다. 당시 박근혜 정부는 이를 견제했다.

경선을 제대로 준비했던 건 처음이었다. 경선은 당내 선거다. 권리당원의 투표와 여론조사로 정당의 후보가 결정되는 과정이다.

가장 중요한 변수가 권리당원의 투표 선호다. 그래서 일반적으로 경선을 준비할 때, 선거일 기준 6개월 전에 당원 가입을 권유하고 모집한다. 기존의 당원 여부를 확인하고 지지를 호소한다.

당시 주변에 알고 있는 많은 서울에 사는 지인에게 당원 가입을 권유했다. 가족, 친구, 선후배, 동료, 지인의 지인에게 당원 가입을 권유했고, 생각보다 많은 분들이 가입했다. 기존 당원인 경우 지지를 호소했다. 쿨하게 했다.

생각보다 당원 가입을 권유하는 일은 쉬운 일이 아니다. 정말 친한 사이어도, 당원 가입은 고도의 정치적 행위이기 때문에 거부감이 들 수 있다. 정치 혐오감이 많고 정치활동의 저변이 넓지 않은 환경에서, 특정 정치인에 대한 지지호소와 당원 가입은 기분을 나쁘게 하는 일이다.

하지만 시도해 보니 사람의 마음을 알 수 있었다. 의외로 당원 가입에 호의적이었다. 당시 후보에 대한 호의도 있었을 것이고, 나를 아는 지인들은 나에 대한 호의도 있었을 것이다. 이런 것들이 모두 합쳐져서 당원 가입이라는 최종 행위가 결정되는 것이다. 싫다는 사람에게는 강요할 필요 없다. 강요해서는 절대 안 된다. 권유는 받아도 최종 결정은 주체적인 시민이 스스로 한다. 그 권유는 좀 더 자유롭게 서로 할 수 있으면 좋겠다.

당시 많은 숫자는 아니었지만, 동료들과 함께 총 300~400여 명의 당원을 새로 모집하고 확인했다. 결국 경선에서 이겼다. 청년그룹이 모든 걸 다 한 것은 아니다. 작은 힘이지만 기여를 했다는 것에 의미가 크다. 선거 승리는 항상 기분이 좋다.

그때쯤, 서울시에서 청년정책담당관 소속 청년활동지원팀장을 뽑는다는 공고가 올라왔다. 나는 국회에서 일할 때 교육과학기술위원회에서 일한 보좌진으로서 학자금대출 문제, 반값등록금 실현, 대학교육 같은 청년, 대학생 정책을 살펴봤다. 청년허브에서도 청년연구사업과 청년정책네트워크, 참여 지원, 활동지원 업무를 맡았다. 업무 경험과 역량을 살려 시 내부에서 공무원으로 한번 일해보고 싶었다.

좋은 기회였다. 임기제이지만 사무관으로 일하며, 행정과 공무원을 알아야 더 큰 역량을 가질 수 있다고 생각했다. 지원했다. 서류를 통과했고, 현장에서 보고서를 즉석에서 작성해 제출했다. 발표 시간을 갖고 토론했고 면접을 봤다. 다행히 합격했다. 운이 좋았다.

현장 보고서 작성 주제와 면접 질문 중 하나가 이거였다. 서울시에서 시행하고 있는 공공일자리 사업인 뉴딜일자리 사업의 한계와 방향성은 무엇인가. 뉴딜일자리 사업은 공공일자리 사업인데, 기존 공공일자리 사업의 단점을 보완하고 사회초년생에게 일 경험을 제공하고 직업훈련을 하기 위해 서울시가 큰 규모로 시행하고 있는 사업이었다. 기업체에서 발생하는 불미스러운 일을 방지하기 위해, 사업참여 기업체와 참여자가 직접 근로계약을 맺는 게 아니라 서울시와 참여자 간 근로계약을 맺고 참여자를 기업체에 파견 보내는 방식이다. 그만큼 서울시의 책임과 역할이 커지는 체계다.

"뉴딜일자리 사업은 공공일자리이지만 사업참여 후 민간기업과의 연계가 더 활성화돼야 한다. 2년 참여 후 민간기업에 안정적으로 계속 일할 수 있거나, 유사한 다른 기업체로 이직할 수 있어야 하는데 이 부분이 약하다. 일자리 사업참여 후 실제 일자리로 연계되기 위해서는 민간기업체의 참여가 더 많아져야 한다."

"사실 일 경험은 몇 년간 지속될 필요성도 있다. 하지만 뉴딜일자리 사업은 그렇게 하지 못한다. 사업참여 기간이 2년 이내일 수밖에 없는 이유는 기간제법 때문이다. 법에 따라, 근로기간이 2년 초과 되면 무기계약직으로 전환돼야 한다. 사업참여자의 근로기간이 2년이 넘는 순간 서울시가 그를 무기계약직으로 고용 연장 해야 하기 때문에 사업기간을 2년 넘게 할 수 없다. 그것이 이 사업의 한계점이다."

몇 가지 생각하고 있던 점을 말했다. 이 말 때문에 합격했다고 보기는 어렵겠지만, 여러모로 좋은 평가를 받았던 거 같다. 기회를 부여받는 일은 언제나 감사한 일이다.

처음에는 일을 잘 못했다. 행정 경험을 처음 해봤다. 모든 것이 보고와 결재였다. 미리 보고하고 결재받지 않고서는 할 수 있는 일이 없었다. 관료조직이 다 그렇다. 피라미드 구조에서 밑에서 위로 보고를 올리고 사업 추진을 결재받고 시행한다.

나는 팀장으로서 몇 개 사업을 담당했다. 당시 서울시 청년정책과에서 가장 어려운 사업이었던 청년수당(청년활동지원사업) 사업 추진이 내 업무였다. 학자금대출 이자지원, 청년 뉴딜일자리 사업도 담당했다. 모두 힘들어하고 꺼리는 사업이었다. 나와 함께 일하는 주무관은 당시 2명이었다. 나까지 포함 총 3명이 큰 사업을 담당했다. 적은 인원으로 시작해야 했다. 일을 회피하지 않고 더 많이 할 작정이었다. 이후 신입 공무원이 1명 더 충원됐다.

입직하고 보니 청년수당 담당 주무관의 고충이 심했다. 주무관은 과중한 일 문제와 사람 관계의 문제로 고통받고 있었다. 일단 직전 담당 팀장이 2~3개월 공석이었다. 주무관은 처음 청년정책과로 부서를 이동한 이후, 소위 말해서 폭탄을 맞은 것이다. 혼자서 청년수당 연간 선정자 7천 명을 선정, 심사, 지급, 관리, 보고하고 있었다.

민원도 많았다. 전화만 하루에 수십 통이 왔다. 수백 통일 때도 있었다. 문의 전화였다. 청년수당을 어떻게 받을 수 있는지부터, 여기에는 써도 되는지 안 되는지, 나는 왜 선정에서 탈락했는지, 청년수당을 언제 받을 수 있는지, 일을 하게 됐는데 취소는 어떻게 하는지 참 많은 문의가 쏟아졌다. 지금 절차가 좀 늦어서 청년수당 지급이 오후 늦게 이루어지는 경우, 전화통에 불이 났다. 기다리는 사람 입장에서는 불안할 수밖에 없다.

혼자서 수백 통의 전화를 받으면, 하루 종일 업무 마비 상태가 된다. 다른 일은 할 수 없다. 사업도 초기인데 개인별로 수천 명을 상대해야 하는 사업은 힘이 들 수밖에 없다. 일반 공무원들이 꺼리는 이유다.

심지어 청년수당 담당 주무관은 다른 공무원 선배 때문에 힘들어했다. 일종의 괴롭힘이었다. 공무원 조직 내에서 일터 괴롭힘 문제는 의외로 심각하다. 공무원 조직은 생각보다 닫히고 경직된 조직이어서, 직장 내 괴롭힘이 많은 게 사실이다. 비슷한 사람이 오래 일하는 곳이 공무원 사회다. 눈치도 많이 봐야 하고 그래서 평판도 중요시 여긴다. 반대로 보면, 괴롭힘을 당해도 호소하기 힘든 구조가 된다. 일반적인 관료조직이 다 비슷할 것이다. 최근에는 공무원 조직 내 일터 괴롭힘 문제를 심각하게 받아들여서, 조직 차원에서 관리하려고 노력하고 있다.

나는 주무관의 말을 들었다. 어려움과 고충, 서운함, 힘듦을 들었다. 그리고 이해했다. 진심으로 이해했다. 내가 나이는 더 어리지만, 나도 비슷한 경험을 했기 때문이다. 공감이 갔다. 소통 속에서 서로 간 신뢰가 쌓였다.

그리고 나는 나의 일을 회피하지 않았다. 적극적으로 했다. 더 많이 일하려고 노력했다. 전화가 오면 당겨 받기 위해 노력했다. 전화와 민원의 어려움을 나눠 짊어지려고 했다. 주무관과 상의해서 일 처리를 바로바로 했다. 수천 명이 기다리고 있다. 사업참여자들의 질문 사항에 대해 빠르고 정확하게 전달해야 한다. 그래야 일이 밀리지 않는다. 결정사항을 빠르게 공지해야 간명해진다. 공무원도 편하고 참여자도 편해지는 길이다.

그나마 국회에서 일해서 정책과 법률을 조금이나마 알고 있었고 위탁기관에서 2년여간 일해서 서울시정과 사업에 대한 이해도가 높았기 때문에 일 처리에 자신감이 있었던 거 같다. 그것도 행운이다. 모르는 것은 물었다. 전임자에게 물었고, 주무관에게 물었다. 옆 팀장에게 물었다. 습득하면 일했다. 겸손하게 일했다. 낮은 직급 후임의 말도 잘 들었고, 내 생각을 고집하지 않았다. 후임을 속이지 않았다. 들을 건 듣고, 의견은 말하고, 의사결정은 빠르게 하기 위해 노력했다.

청년수당 참여자들의 말도 들었다. 전화가 오면 잘 들었다. 개선할 부분은 바로 개선했고, 장기적인 과제는 다음 차수, 다음연도 선정 때 최대한 고쳤다. 할 수 없는 부분은 할 수 없다고 솔직하게 설명했다. 안 되는 부분은 안 된다고 말했고, 항의도 최대한 들었다. 직접 오겠다고 하면 오라고 했다. 사무실에 같이 앉아 화면을 보여주며 설명했다. 하소연도 들어줬다.

소통의 시작은 듣는 것에서부터 시작한다. 들어야 말할 수 있다. 듣기 전에 말하는 것은 아집이다. 고집부리면 소통은 안 된다. 말하기 전에 들어야 한다. 이를 잘 실천했다.

처음 들어간 팀장이 리더십이 있을 수 없다. 나는 내 할 일을 적극적으로 하고, 나의 일을 후임에게 미루지 않는 방식으로 리더십을 세웠다. 팀원들을 존중했고, 쓸데없는 일로 괴롭히지 않았다. 팀원들도 나를 좋아했고, 나도 팀원들을 좋아했다. 나만의 생각이었을 수도 있다. 하지만 최대한 그렇게 일했다. 공과 사를 명확히 구분했다.

심지어 옆 팀 팀장으로부터 이런 말까지 들었다.

"최 팀장님, 일을 너무 열심히 하는 것 아닌가요. 너무 열심히 하지 말아요. 그러면 우리도 열심히 해야 하잖아요."

농담 반 진담 반으로 말했겠지만, 문화적으로 볼 때 틀린 말이 아니다. 일반직 공무원인 팀장은 연령이 좀 높은 경우가 많다. 4급 과장으로 승진하지 못하면 5급 사무관 팀장으로 퇴직한다. 승진할 필요 없는 팀장은 자연스럽게 일에서 멀어질 수밖에 없다. '잠깐 쉬어가며 퇴직준비 잘하자.' 정도로 생각할 수밖에 없다. 현실이 그렇다.

나 같이 30대 후반 팀장이 그것도 외부에서 들어와서 일을 너무 열심히 하면, 모두 다 열심히 해야 할 것 같은 생각이 든다. 그들이 보기에 부담스럽다. 이런 부분에선 신경이 쓰일 수밖에 없었다. 각자의 상황은 다르기 때문이다.

그래도 나는 열심히 잘하고 싶었다. 당시는 문재인 정부 시절이었고, 서울시도 당시 여당 소속의 서울시장이었다. 집권 정부의 일원이라고 생각했다. 집권 정부가 성공하고 국민의 신뢰를 얻어야, 더 좋은 정치를 할 수 있고 집권을 지속적으로 할 수 있다. 집권을 지속해야 혁신적이고 좋은 정책을 정착시킬 수 있고, 좋은 사회를 만들 수 있다. 하지만 정부는 이후 5년 만에 정권교체 됐다. 민선 7기 서울시정도 제대로 마무리하지 못했고, 보궐선거를 통해 다른 정당 소속 시장으로 교체됐다. 뼈아팠다. 이에 대한 부채감이 아직도 있다. 성찰할 지점이 있다. 그래서 앞으로 더 잘해나가야 한다.

팀장으로 들어간 그해에 청년수당 지원 인원이 7천 명 정도였다. 하지만 다음연도부터는 연간 3만 명으로 목표가 수정됐다. 예산도 약 100억 원에서 900억 원으로 대폭 증액됐다. 향후 3년간 서울에 사는 10만 명의 모든 미취업 청년에게 생애 1회 지원이라는 목표를 설정했다. 완벽한 기본소득은 아니었지만, 취업자와 대학생을 제외하고 미취업 청년 중 모든 청년에게 청년수당을 지급하자는 목표였다. 낮은 단계의 기본소득이었다고 평가하고 싶다.

당시 이재명 성남시장도 청년기본소득을 시행했다. 만 24세 청년에게 연간 100만 원을 지역화폐로 일괄 지급 하는 사업이었다. 단일 연령층에 일정 금액의 기본소득을 지급하는 획기적인 사업이었다. 호응도가 높았다. 시민의 삶에 체감도 높은 사업이었다.

서울시는 약간 다르게, 중위소득 150% 이하인 만 19~34세 미취업 청년에게 연간 300만 원을 지원했다. 6개월간 월 50만 원의 현금을 통장으로 지급했다. 미취업자와 중위소득 150%라는 요건을 붙였기 때문에 완벽한 기본소득 개념은 아니었다. 하지만 사실상 기본소득처럼 운영하기 위해, 요건을 최대한 낮췄다. 월세 지출 등에 필요한 현금 출금도 가능하게 했다.

많은 언론은 성남시의 청년기본소득과 서울시의 청년수당을 기본소득이라고 평가했다. 당시 시장님도 청년수당 사업에 힘썼고, 자랑스러워 했다.

연간 3만 명에게 6개월간 50만 원을 일일이 지급하는 일은 쉬운 일이 아니었다. 큰 문제가 시스템이었다. 'e-호조'라 불리는 지자체 회계시스템으로는 수만 명에게 일괄 지급 할 수 없었다. 몇천 명이면 시스템이 잘 돌아갔는데, 만 명 단위가 되는 순간 시스템이 다운됐다. 기존 회계시스템의 용량이 3만 명 지급을 한 번에 수용하지 못했다. 해결해야 했다. 시스템 개선에 나섰다.

전산 담당 주무관과 협의해서 시스템을 만들기 시작했다. 부서 차원에서 신규 전산 시스템 구축 예산을 확보했다. 홈페이지를 새로 만들었고 청년수당 모집, 선정, 알림, 관리, 지급, 민원 답변 시스템을 구성했다. 현장의 요구를 시스템으로 받아들이는 데 시간이 필요했다. 처음에는 삐걱거렸지만, 선정 작업을 1회 하고 난 다음부터는 정착했다. 한번 돌려보고 나타난 문제점은 즉각 개선했다.

시스템 구축 업체에서 전문 프로그래머가 몇 달을 상주했다. 무에서 유를 창조했다. 하지만 프로그래머도 청년수당 사업을 처음 경험한 것이기 때문에, 처음에는 실력이 부족하다고 생각했다. 대응도 빠르지 못했다.

그래서 기존에 지급시스템을 고도로 구축하고 사용하고 있는 은행의 힘도 빌렸다. 당시 서울시 1금고는 신한은행이었는데, 신한은행에 요청하면 시스템이 뚝딱 나왔다. 역량이 엄청났다. 역시 경험이 실력이었다. 은행의 지급시스템은 탁월했다. 지급, 관리가 수월해졌다. 당시 도입되고 있던 제로페이 사용 실적도 실시간으로 통계로 잡혔다. 카드, 현금 사용 내역도 통계로 추출됐다. 청년수당이 사업 취지에 맞지 않는 곳에 사용되는 점이 있는지 실시간으로 모니터링 됐다. 신한은행과의 협의도 잘 진행했다. 모두 나의 경험으로 축적됐다. 여러 사람의 도움이 컸다.

연간 3만 명을 선정, 지급, 관리하는데, 참여자는 1~2차로 선정했다. 중위소득 150% 초과와 대학졸업자를 거르는 것이 가장 큰 일이었다.

　중위소득은 건강보험 기준으로 잡았다. 국민건강보험공단에 매번 공문을 보내 확인했다. 이를 위해 신청자로부터 개인정보 활용 동의를 받았다. 공단은 외부 소득 확인 업무가 많아 힘들어했지만, 설득하고 협조를 요청했다. 업무 초기부터 주무관이 원주까지 내려가 인사하고 설득했다. 그 힘이 컸다.

　졸업자는 대학졸업장 사본을 제출받았다. 대학 재학생은 사업 참여대상이 아니었다. 재학생이지만 졸업예정자는 사업에 참여할 수 있었다. 나이는 만 19~34세였다. 연령과 주소는 정보 전산화로 자동으로 거르는 시스템을 구축했다. 업무 속도를 높일 수 있었다. 신청자가 처음 신청할 때부터 본인이 확인하고 시스템으로 걸러졌다. 최대한 정보연계가 가능한 것은 전산화했고, 전산화가 안 되는 부분만 서류 제출을 받았다. 그래야 신청자의 불편함도 최소화할 수 있기 때문이다. 많은 부분을 신청자 중심으로 사고했다.

　전산 시스템은 일하는 사람도 편리하게 했다. 일일이 손으로 눈으로 보고 점검해야 할 일을 시스템을 통해 수월하게 거르고, 관리할 수 있었다. 사업참여자도 바로바로 확인할 수 있어서 만족도가 높았다. 시스템이 구축되지 않았다면, 연간 3만 명 이상의 청년에게 청년수당을 제대로 지급할 수 없었을 것이다.

사업에는 행정력이 많이 들어간다. 인력도 필요하고 각종 요건을 확인해야 한다. 이를 위한 별도 시스템도 만들어야 한다. 이 비용이 생각보다 많이 든다. 모두 국민의 세금으로 운영된다. 오롯이 이 비용을 사업에만 투입하면, 시민은 더 많은 혜택을 받을 수 있다. 그래서 행정비용을 낮추는 방향이 좋다. 만약 본사업에 1천억 원, 본사업을 시행하기 위한 제반 행정비용에 50억 원이 든다고 해보자. 행정비용 50억 원을 10억 원으로 낮춘다면 본사업에 1천 40억 원을 투입할 수 있다. 그만큼 시민이 40억 원의 혜택을 추가로 받을 수 있다.

과도한 행정비용은 줄여야 한다. 연령, 취업 여부, 졸업 여부, 소득과 자산 기준, 중복참여 여부 등 사업참여의 요건들이 많아질수록 행정비용은 상승한다. 이를 줄이자는 것이 기본소득과 같은 정책으로 나타나는 것이다.

중앙정부에서는 서울시의 많은 사업을 벤치마킹했다. 청년수당도 고용노동부에서 신규사업으로 추진했다. 졸업 후 2년 이내 미취업 청년에게 청년취업지원금을 지원하는 사업이었다. 중앙정부에서 청년수당을 도입한 것인데, 서울시 청년수당 사업의 성과다.

지자체가 혁신적인 사업을 시범적으로 추진하고, 호응도와 성과가 확인되면 이를 중앙정부가 도입하는 선례를 만들었다. 이렇게 해야 시행착오를 줄일 수 있다. 지자체의 혁신사업, 성과 제시, 중앙정부 사업 도입이라는 정책시행 모델이 더 많이 정착해야 한다. 하지만 보수 정부에서는 상대적으로 혁신사업과 체감도 높은 사업이 구상되고 추진되지 못하고 있다. 아쉬운 지점이다. 정책은 국민의 체감도 높게 시행돼야 한다.

졸업 후 2년 이내 미취업 청년에 대한 취업지원금 사업이 정부에서 추진됨에 따라, 서울시 청년수당 사업은 졸업 후 2년이 넘은 미취업 청년으로 사업 범위를 조정했다. 사업은 시류에 맞게 조정할 수 있어야 한다. 안 좋게 보면 변동성이 높은 사업인데, 좋게 보면 현실에 맞게 빠르게 반응하는 사업인 것이다. 변동성을 제대로 사업에 반영하기 위해, 임기제 공무원이 시정에 투입된다.

청년수당 외에도, 내가 팀장으로 재직할 때 청년 마음건강 지원사업을 신규로 도입했다. 청년에게 일대일 심리상담을 5회 정도 연속 지원하는 사업이다. 초창기에는 연간 3천 명 정도 지원했다. 사업 신청의 문턱을 최대한 낮췄다. 소득 요건도 없앴다. 서울 주소와 연령만 확인했다. 신청자는 주민등록등본 사본만 제출하면 됐다.

특히, 여성에게 호응도가 높았다. 일대일 심리상담에 대한 수요는 높았다. 서울시민이고 만 34세 이하 청년이면 누구나 신청할 수 있었다. 도시 생활에서 마음건강은 점점 더 중요해지고 있다. 심리적 안정과 마음건강 관리를 위해 서울시가 다시 한번 새로운 사업을 시범적으로 도입했다. 그것도 현장 청년들의 직접 제안을 받고, 서울시가 이를 정책에 반영하는 절차를 가졌다. 시민 시정 참여의 좋은 모델이다. 뿌듯했다.

사업참여자로 선정되면 서울시 청년활동지원센터에서 전문 상담사와 참여자를 연결시켰다. 전문 상담사는 상담 전에 별도의 선정과 교육과정을 수료했다. 5회 연속 상담을 가졌고, 참여자의 만족도가 높았다. 심리상담사들의 만족도도 높았다. 수요와 공급이 맞아떨어진 잘 설계된 사업이었다.

민간의 의견도 적극 수용했다. 청춘상담소 '좀놀아본언니들'이 자문해 줬고 상담사 교육도 맡았다. 이 단체는 코로나19 시국에 서울시 마음건강 온라인 박람회도 기획하고 수행했다. 성공적이었다. 시장이 바뀌고 나서도, 마음건강 사업은 더 확대됐다. 정파를 떠나서 확대되는 필요한 정책이다.

학자금대출 이자지원사업도 대폭 늘렸다. 원금을 지원하는 것은 아니었지만, 학자금 이자 납부는 대학을 졸업하고도 부담스러운 일이다. 최대한 많은 인원을 지원하기 위해 예산을 최대한 많이 반영했다. 원금까지 지원해 줘야 한다는 의견이 많았지만, 제도적 한계로 추진하지 못했다.

청년 뉴딜일자리 사업도 일부 담당했는데, 우리 팀이 관리하는 사업장 내에 갈등이 발생했다. 센터장의 좋지 않은 행태로 인해 일자리 사업참여자들이 고통을 받았다. 이야기를 들었다. 공감했다. 나는 담당 팀장으로서 일단, 사업참여자와 해당 센터장을 분리했다. 그때 처음으로 공유사무실을 알아보고 사업참여자에게 공유 사무실을 제공했다. 계약 기간 동안 일 경험을 지속할 수 있도록 조언했다. 사람들의 고충을 해결하는 일에 보람을 느꼈다.

2019년 말 코로나19 감염병이 닥쳤다. 전국이 난리였다. 코로나19는 미취업자들에게도 고통이었다. 아르바이트 자리가 없어졌고 소득이 줄었다. 그래서 서울시가 나섰다. 적극행정이 어떤 것인지 직접 체감했던 일이다.

2020년 1월이었다. 당시 과장님이 긴급회의를 소집했다. 코로나19로 고통받는 청년이 있는데, 우리가 나서자. 그래서 고안했다. 청년수당을 미리 지급하는 것과 청년 프리랜서 긴급 지원사업을 해보자. 우리가 가진 예산과 자원 내에서, 최대한 할 수 있는 방법을 찾아보자. 좋은 제안이었고, 마음이 동했다. 과장님도 청년활동에 진심이었던 나 같은 임기제 공무원이었다.

그래서 '코로나19로 알바 잃은 청년 긴급수당 지원사업'을 부서가 가진 예산 범위 내에서 긴급하게 실시했다. 옆 팀에서도 청년 프리랜서에게 수의계약으로 용역사업을 긴급 지원하는 사업을 시행했다. 긴급하게 진행해서 예산부서가 난감해했지만, 행정 내에서 돌파해 냈다. 적극행정의 사례이고, 좋은 평가를 받았다. 일반적인 행정체계에서는 실행할 수 없는 일이었는데, 임기제 공무원이 주도해서 적극행정을 펼쳤고, 실제 사업참여자들의 만족감이 높았다. 민생에도 도움이 된 예산의 신속 집행이었다고 자부한다.

적극행정이 그래서 필요하다. 하지만 잘 안된다. 감사 때문이다. 적극행정을 하고 난 다음, 집행과정에서 약간의 잘못이 있을 수 있다. 일하다 보면 당연한 일이다. 접시를 실수로 깨뜨릴 수 있지 않은가. 사업 종료 후에 감사에서 문제가 드러나고, 감사에서 지적을 심하게 당하면 공무원은 승진과 인사고과에서 손해를 본다. 심하면 징계와 처벌을 받을 수도 있다. 공무원이 열심히 일하고도 손해 보는 일이 발생할 수 있다. 이러면 안 된다. 감사 악순환으로 인해 공무원이 적극행정을 펼치기 힘들다. 이것이 현실이다. 행정부와 감사원은 적극행정을 펼치라고 권장하고 관련 시행령도 있다. 하지만 잘 안되는 이유가 여기에 있다. 공무원만 탓할 문제가 아니다.

보수 정부는 심지어 감사원과 수사당국을 동원해 이전에 일했던 사업과 의사결정을 들추고, 이를 집행했던 공무원을 감사하고 수사한다. 이러면 적극행정을 시도할 공무원이 나올 수 있을까.

단언컨대 없다. 적극행정이 안 되면, 공무원은 보수적으로 일하고, 그만큼 국민들이 피해를 입는다. 악순환이다. 이를 타파하기 위해서는 감사원이 달라져야 한다. 행정도 좀 더 민주적으로 바뀌어야 한다. 현장에서 일하는 사람들, 현장의 목소리를 들어야 한다. 공무원의 비리는 일상적으로 감시돼야 하지만, 행정이 적극적으로 추진되기 위해서는 공무원에게 감사의 부담을 무조건적으로 지우면 안 된다.

서울시에서는 2021년 4월까지 일했다. 시장님이 별세했고, 약 1년 정도 더 일하면서 청년수당과 마음건강 사업 등 맡은 일을 마무리하기 위해 애썼다. 서울시 내에서 임기제 공무원으로 만 3년 일했다. 너무나 큰 경험이었다. 좋은 경험이었다. 입법부의 일과 행정부의 일을 모두 해볼 수 있는 소중한 일 경험이었다. 내가 더 성장할 수 있는 계기였다. 팀장으로서 리더십과 책임감, 일을 잘 처리할 수 있는 역량을 쌓는 기회였다. 기회를 준 모든 분들께 감사하다.

서울시장(대행)으로부터 표창장을 받았다. 살면서 처음 받아보는 장관급 표창장이었다. 종이 한 장에 불과하지만, 감사한 일이다. 매년 공무원들은 다면평가를 진행하는데, 내가 팀장으로서 임기제 중에서 상위 10% 안에 포함됐다는 말을 전해 들었다.

함께 일하는 주무관이 말했다.

"공무원으로 일하면서, 임기제 팀장이 다면평가 상위 10% 안에 든 건 처음 봐요."

사회초년생으로 청년활동에서 만난 적이 있고 서울시 공무원이 돼서 다시 우리 팀에서 만나게 된, 인연 깊은 후배 주무관도 말했다.

"팀장님은 최고의 팀장이에요."

다면평가는 윗사람과 아랫사람, 동료들이 나를 평가한 결과다. 보통 윗사람이 아랫사람을 평가하는 것이 일반적인데, 최근 다면평가가 점점 더 중요해지고 있다. 서로 평가해야 객관적인 것이다. 다면평가에서 좋은 성적을 거뒀다는 것이 자랑스럽다. 당시 서울시의 일원으로서, 넓게는 정부의 일원으로서 부족함 없이 일하고, 동료들에게 좋은 평가를 받은 것에 대해 감사하다.

수만 명에게 수당을 지급하는 일을 잘해냈다. 당시 담당 국장님, 선배 과장, 동료 팀장, 팀원들의 도움이 없었다면 못 했을 일이다. 나와 함께 고락을 함께한 서울시 당시 청년정책과, 청년청, 청년지원팀 팀원들에게 고마움의 마음을 전한다.

그는 잘 살고 있을까

하루는 출근했는데 책상에 편지가 한 장 놓여 있었다. 시장 비서실에서 받아 나에게 전달한 편지였다. 손으로 직접 쓴 편지였고, 시장님에게 보낸 편지였다.

"살 힘이 없어요. 월세 낼 돈도 없어요. 상의할 가족도 내겐 없어요. 시장님에게 편지로 하소연하고 삶을 포기하려고 해요. 한번 만나 뵙고 싶어요."

아, 가슴이 찌릿했다. 손으로 직접 쓴 글에서 눈물이 보였다. 어디에도 말할 곳 없는 막막함이 느껴졌다. 생의 어두운 터널 중간에 혼자 서 있는 것 같은 느낌이 들었다.

다행히 편지 마지막에 전화번호가 남겨져 있었다. 우선 통화를 하고 대화를 해보자. 혹시 심각한 선택을 하지는 않을까. 이것부터 막아야 하지 않을까.

전화를 했다. 다행히 받았다. 20대 초중반의 앳된 목소리가 들려왔다. 편지 고맙다. 시장님이 직접 만나야 하는데, 내가 담당 팀장이어서 나에게 편지가 전달됐다. 혹시 어떤 상황인지, 괜찮은지 물어봤다. 사회초년생이고 부모님은 안 계신 것 같았다. 월세부터 막막했다. 월세 낼 돈도, 밖에 나갈 힘도 없다고 말했다.

위로 말고 해줄 수 있는 일이 있을까. 위로했다. 괜찮다고 말해줬던 거 같다. 힘내라고 말해줬던 거 같다.

어디 사는지 확인했다. 서울시의 서쪽 어느 구 어떤 동네였다.

"긴급복지지원이라는 제도가 있어요. 이걸 신청하면 요건이 될거 같아요. 이걸 바로 신청해서, 월세라도 빨리 내야 합니다. 연결시켜 줄게요. 그리고 다음 달에 청년수당 신청을 받으니 그때도 꼭 신청하면 좋을 거 같아요."

좋다는 대답이 들려왔다. 그리고 나는 그 동네 동사무소 긴급복지 담당 공무원과 통화했다. 이런 사람이 있는데 바로 만나줬으면 좋겠다. 상담해 주면 좋겠다. 긴급복지지원을 통해서 월세를 받을 수 있는지 확인 부탁한다. 그리고 서울시로 편지를 보낸 그의 연락처를 알려줬다. 동사무소의 담당 공무원도 흔쾌히 연락을 하겠다, 챙겨보겠다 대답했다. 고마웠다.

그날 퇴근 무렵 동사무소 담당 공무원에게 다시 전화했다.

"잘 만났는지요?"

잘 만났고, 긴급월세지원이 가능했다는 대답을 들었다. 다행이었다. 전화를 끊고 동장과 담당 공무원에게 감사의 메일을 보냈다. 편지를 보낸 그에겐 다시 전화하지 않았다. 부담을 주기 싫었다.

다음 달, 청년수당 신청 기간에 들어섰다. 나는 편지가 생각나서, 공고문과 공고 링크를 그에게 문자로 보냈다. 미취업 상황이라면 청년수당을 신청해서 참여할 수 있기 때문이다. "청년수당 신청하면 좋을 거 같다."는 나의 당부도 기억나게 할 겸.

그는 청년수당을 신청하지 않았다. 걱정은 됐지만 더 연락하지는 않았다. 다음에 신청했을 수도 있고, 다른 사업을 신청했을 수도 있다. 닥친 현실의 문제를 잘 해결했고, 잘 해결하고 있을지.

그는 잘 살고 있을까. 그가 잘 살고 있길 바란다. 삶의 어려움을 잘 이겨내길 빈다.

오랑

청년지원팀장일 때 신규사업을 많이 담당했다. 신규사업을 하는
것에 두려움은 없었다. 시민과 청년의 의견을 듣고 이를 최대한
서울시정 내에 반영하기 위해 노력했다. 자연스러운 과정이었다.
일반 공무원이 아닌 임기를 정해두고 일하는 임기제 공무원으로
서, 최대한 적극행정을 하려고 애썼다. 긍정적으로 생각하고자
하는 성향도 한몫했던 거 같다.

청년수당, 마음건강 사업도 굵직한 사업이었지만, 서울청년센
터 신규 설립과 운영도 큰 사업이었다. 서울시는 그동안 '무중력
지대'라는 공간 사업을 시행하고 있었다. 청년이라면 누구든지
와서 일하고 구상하고 활동할 수 있는 공간을 제공하는 사업이었

다. 공간 사용에 최대한 문턱을 낮추고, 중력이 닿지 않을 정도로 무한대로 상상하자는 의미에서 시장님이 직접 무중력 지대라고 이름 지었다. 조금 현학적이지만 사업의 목적을 잘 반영한 이름 이었다.

다만, 무중력 지대의 취지는 좋았지만, 청년에 대한 특화 서비스와 프로그램이 체계화되진 못했다. 청년수당 사업이 본격화되면서 청년활동지원센터를 설립해 운영했는데, 이곳 센터가 연간 약 3만 명이나 되는 참여자들에게 사회참여, 마음건강과 상담, 일 경험과 일자리 프로그램 등을 지원하는 업무를 담당했다. 센터 한 곳에서 많은 청년을 체감도 높게 생활권에서 지원하기는 어려웠다. 이런 곳들이 많아져야 했다. 그래서 서울 권역별 서울청년센터 설립을 기획했고 정책으로 반영했다.

초기에는 은평, 영등포, 성북, 강동, 서초, 관악, 양천 등에서 시작했다. 기존 청년허브와 청년활동지원센터는 서울시가 민간위탁을 하는 개념이었다면, 권역별 서울청년센터는 시에서 예산을 지원하고 구에서 민간위탁으로 운영하는 방식이었다. 자치구가 많고 각 자치구별 상황과 환경이 달랐기 때문에, 지역별로 특화해서 운영하고자 했다.

청년활동지원센터를 포함해 권역별 서울청년센터 사업의 한 해 예산은 약 100억 원 정도였다. 신규사업이라는 점을 감안할 때, 파격적인 지원이었다. 시장님의 공약사업이기도 했다.

강동구에도 서울청년센터를 만들었다. 구청 담당 공무원과 시의원, 우리 부서, 청년활동지원센터가 모두 힘을 합친 결과였다. 암사역 근처에 서울청년센터 강동오랑을 열었다. 개점행사에 참석했다. 센터를 운영하는 청년 주체들과 반갑게 인사했고, 청년수당과 마음건강 사업참여자들에 대한 프로그램 제공, 상담, 공간 지원 등 향후 운영 방안에 대해 협의했다. 내가 사는 지역이어서 더 뿌듯했다.

서울청년센터는 기존의 딱딱하고 문턱 높은 공공 지원센터의 분위기를 극복하기 위해 노력했다. 실업급여로 대표되는 사회안전망 사업에서, 고용복지센터를 가는 것은 어쩌면 쉬운 일은 아니다. 뭔가 압박을 받는다. 시민 또는 국민으로서 권리를 누린다기보다는 시혜적인 관점이 높기 때문이다. 서울청년센터 오랑은 이를 우선 극복하고자 했다.

실질적인 지원도 시도했다. 청년이 원하는 프로그램을 제공하고, 소통창구로서의 역할을 하기 바랐다. 현재는 잘 운영되고 있을까. 서울청년센터 사업이 보편화되지는 못했다. 역시나 일반 시민이 편하게 다가가기 힘든 문턱이 존재하고 있다. 공공사업의 근본적 한계일지 모른다. 정부와 지자체 지원센터가 〈나, 다니엘 블레이크〉 영화에서 나오는 것처럼 돼서는 안 된다.

서울청년센터의 작은 제목은 '오랑'이다. 오랑은 '오라'는 말

도 되고 '요람'처럼 청년이 많이 모여 무엇인가 만들어 나갈 수
있는 공간이길 바란다는 의미에서 명명했다. 당시 청년활동지원
센터 동료들이 연구 끝에 선정했다. 나는 그들의 의견을 그대로
받아들였다.

갭이어

갭이어라는 말은 생소하다. 갭이어는 gap-year라는 영어 단어다. 일을 잠깐 쉬면서 다음 진로를 구상하고, 재교육 또는 재충전하는 기회를 가진다는 의미다. 미국과 영국 같은 영미권에서 정착된 문화다. 고등학생이 대학을 가기 전에 1년 정도 전 세계를 배낭여행 하며 견문을 넓히고 봉사활동 하면서 진로를 고민하는 방식이다. 소위 N잡러 시대에 중요해지는 개념이다.

2010년대 갭이어라는 용어가 많이 회자됐다. 젊은 층이 생각하는 직장의 개념이 바뀌는 시점이기도 했다. 평생직장이라는 게 이제는 옅어졌다. 내 삶을 직장에 저당 잡힐 수는 없다. 경직된 직장문화도 시대에 맞지 않는다. 직장과 내가 잘 조화될 수 있어야 한다. 내가 원한다면 당연히 직장을 바꿀 수 있고, 그 전환을 위해 휴식하고 충전해야 한다. 갭이어가 필요하다.

필요가 있는 곳에 정책이 있다. 갭이어를 어떻게 사업화할 수 있을까. 조사가 필요했고 구상을 위한 첫 단추가 필요했다.

'커리어투어'라는 회사가 있다. 지금도 운영되고 있는 회사다. 청년 창업가가 운영하고 있다. 당시 커리어투어는 초창기였다. 두세 명이 의기투합해 일을 막 시작했고, 회사를 키우기 위해 노력하고 있을 때였다. 청년허브, 청년정책네트워크와도 협업하고 있었다.

내가 제안했다. 갭이어 정책 도입을 위한 연구를 해보자. 커리어투어 동료들을 만났다. 커리어투어는 사회초년생과 인턴교육 사업, 일자리 연결 사업을 꾸려나가는 회사다. 갭이어는 큰 틀에서 과거의 일과 미래의 일을 연결해 주는 개념이 있기 때문에, 커리어투어의 경험이 갭이어 정책 구상에 필요했다. 커리어투어는 나의 제안을 받아들였다.

수의계약이었고 1년 연구비는 1천만 원 정도였다. 수의계약은 〈지방계약법 시행령〉에 따라, 일정 금액 이하면 경쟁입찰 없이 계약할 수 있는 방식이다. 당시 금액 기준은 1천 500만 원 이하였던 것으로 기억한다. 현재 기준 금액은 2천만 원 이하이다.

본격적으로 연구를 하기엔 큰 금액은 아니었다. 하지만 꼭 필요한 연구였다. 커리어투어는 잘해냈다. 갭이어의 개념과 국내외 사례, 일자리 문제, 향후 방향성에 대해 정리했고 결과물을 제출했다. 이후 갭이어 정책의 좋은 참고자료가 될 것이라고 여겨졌다.

나중에 들은 이야기다. 커리어투어는 초창기 어려움으로 사업을 계속할지 말지 심각한 고민에 빠져 있었다고 했다. 그때, 갭이어 연구로 새로운 전기를 마련했고, 동료들 간 의기투합할 수 있었다고 평가해 줬다. 커리어투어에겐 뜻밖의 기회였다. 나에게 고맙다고 말했다. 한 벤처기업이 살아나는 데 조금이나마 기여할 수 있어서 다행이었다.

담당자로서 나는 내가 가진 권한 내에서 일을 처리한 것이다. 다만, 새롭게 제안할 정책 중에서 실제로 지금 시대 우리에게 필요한 정책은 무엇일까 고민했다. 커리어투어와 소통해 왔고, 커리어투어가 실질적인 경험과 노하우를 가진 연구의 적임자라고 판단했다. 나와 그의 수요가 맞았고, 기관과 기관 간 수요가 맞았던 것이다. 마음도 일치했던 것이다. 서울시로부터 확보해 놓은 약간의 자원도 있었다.

또 나중에 들은 이야기이지만, 갭이어 연구가 실제 사업을 추진하기 위한 돋보이는 정책연구였다는 서울시 공무원의 평가도 있었다. 당시 나름 새로운 이슈였던 갭이어, 그것을 정책으로 만들기 위한 초기연구로서 잘된 결과물이었다.

아쉬운 점은 갭이어 정책이 당시에 서울시의 사업으로 본격 추진되지 못했다는 것이다. 인생설계학교라는 사업으로 도입되긴 했지만, 보편화되지는 못했다. 갭이어라는 개념은 매우 흥미로운 주제였고 호응도도 높았다. 특히, 젊은 층이 일하는 데 적성에 안 맞거나 다른 일을 해보고 싶을 때, 적극적인 갭이어 사업을 추진한다면 일의 전환에 큰 도움이 될 수 있다. 실업률 완화와 고용률 확대, 4차 산업시대에 재취업 활성화도 도모할 수 있다.

개념은 좋은데, 굳이 따져보면 비슷한 사업이 이미 있었다. 직접 일자리 참여 사업과 청년수당 사업, 교육사업이 좁은 의미의 갭이어다. 일을 중심으로 볼 때, 실업 상태에 있는 사람에게 금전적, 비금전적 지원을 하고, 이를 통해 새로운 직업을 구하도록 지원하는 사업 말이다. 갭이어는 직업의 전환보다는 좀 더 큰 문화적 개념이기는 하다. 반대로, 이 문화적이고 정서적인 개념을 사업화하는 데 어려움이 발생할 수밖에 없다.

한 번에 모든 것을 할 수 없듯이, 이루지 못한 것이 존재하기 때문에, 앞으로 이뤄나가야 할 일이 많아지는 것이다. 갭이어 사업도 마찬가지다. 직업과 일, 소득은 꼭 필요하지만, 예전에 비해 그 방식이 너무 다양해졌다. 개인별로 생각하는 것도 다 다르다. 다양하다. 1만 명이 있으면 1만 개의 생각이 있다. 우리 부모님 세대와는 완전 다른 방식으로 살아가고 있다.

갭이어는 필요하고 계속될 수밖에 없다. 그게 갭이어의 가능성이다.

5.

일

패배와 승리의 기억

2022년 대선, 패배

　제20대 대통령 선거는 눈물의 선거였다. 이재명 후보와 상대 후보가 맞붙은 2022년 3월 9일 대통령 선거. 결국 우리는 졌고, 우리는 울었다. 3월 10일 오전 해단식을 했는데, 나도 울고 선배도 울고 사람들 모두 울었다. 져서 비참했다. 상대 후보가 진짜 대통령이 됐다니. 상대를 막지 못해 서러웠다. 후보도 울었다. 눈물의 해단식이었다.

　2021년 11월 이재명 대선 후보 선거대책위원회 공보단에 실무자로 합류했다. 직책 없이 헌신하고 싶었다. 월급도 필요 없었다.

지금 정부를 지켜야 했고, 서울시정이 제대로 마무리되지 못하고 시장이 교체된 것에 대한 부채감이 컸다. 대선에서 이기고 싶었다. 우리 후보를 지키고 싶었다.

공보단에서 선대위의 모든 보도자료를 데스킹하고 처리하는 업무를 맡았다. 이름 없이 열심히 일했고 헌신했다. 그러던 중 부대변인 임명장을 받았다. 나서서 공개적으로 브리핑하고 논평하는 역할은 아니었지만, 자랑스러운 임명장이었다. 그만큼 더 노력하고 헌신했다.

후보 인터뷰와 기자 간담회를 조직하고 준비하는 역할도 했다. 기자들과 소통하고, 선대위 소속 각 위원회 담당자들과 소통했다. 일정팀, 수행팀과 협의해 후보에게 전달되는 보고자료도 챙겼다. 할 수 있는 일의 범위 내에서, 최선을 다했다. 월급을 받고 일하는 것보다, 자원봉사로 하는 일이 더 좋았다. 대통령 선거에서 역할을 한 건 처음이었다.

하지만 모두 알다시피, 결과는 패배였다. 0.73%p 근소한 차이로 졌다. 전 검찰총장이 새 대통령에 당선됐다. 우리는 이를 막지 못했다. 이전 정부는 이로써 5년 만에 막을 내렸다.

왜 졌을까. 부동산 급등 문제를 해결하지 못했고, 부동산 정책의 신뢰를 잃었기 때문이라고 생각한다. 집값이 올랐고 보유세도 올랐다. 집값 상승을 막겠다고 공언했던 장관은 결국 집값 상승을 막지 못했다. 아니 막을 수 없었다. 결과적으로 국민에게 거짓말하게 됐다. 부동산 급등으로 전월세 사는 서민이 등을 돌렸고, 세금 문제로 집 가진 사람도 등을 돌렸다. 이것이 대선 패배의 가장 큰 원인 중 하나다.

선거 패배의 원인은 많다. 하나가 아니다. 승리의 이유도 백 가지가 넘고, 패배의 이유도 찾으면 백 가지가 넘는다. 하지만 부동산 문제를 풀지 못한 정부에 국민이 실망했고 정부가 국민으로부터 신뢰를 잃었기 때문에, 대선에서 졌다.

중앙선관위 개표 결과를 살펴보면, 이재명 후보와 상대 후보 간 표 차이는 24만 7,077표이고, 서울 강남 3구의 표 차이는 29만 4,494표다. 대략적으로 강남 3구 표 차이가 전국 표 차이만큼 난 것이다. 공교롭지 않은가.

강남 3구 표심이 대선 결과를 결정지었다고 해도 과언이 아니다. 부동산 자산으로 대표되는 강남 3구의 표심이 차기 대통령을 결정한 것으로 해석할 수 있다. 부동산 표심이 이전 정부를 심판했고, 당시 야당의 후보를 대통령으로 만들었다.

다음 정부는 부동산 보유와 부동산 관련 세금에 대해 실용적으로 접근해야 한다. 부동산에 투영된 국민의 욕망을 단순하게 대해서는 안 된다. 부동산 가격 급등을 막겠다는 주장만 되풀이할 게 아니라, 실제 부동산 시장과 국민적 욕망을 그 자체로 인정해야 한다. 그 속에서 솔직해져야 하고, 주거안정을 위한 정책을 실속 있게 펼쳐나가야 한다. 실용적인 부동산 정책과 부동산 조세 정책이 필요하다.

정치지도자라면 최소한 두 가지 덕목을 갖춰야 한다. 첫째, 공적公的인 마음이다. 국민으로부터 임시로 부여받은 권력을 최소한 사적私的으로 사사롭게 남용하지 않아야 한다. 권력을 국민의 보편적 권익을 위해 선용하고, 불편부당하게 행사해야 한다.

둘째, 혁신사업을 시도해야 한다. 예전 성남시정과 서울시정의 사례를 보면 알 수 있다. 청년기본소득과 청년수당 시행, 적극적인 재난 대응, 보편적 재난지원금 지급 등 신규사업을 과감히 시행하고 성과를 냈다. 주민의 참여를 보장하고 의견을 들었다. 적극행정을 펼쳤다. 새롭고 혁신적이고 국민 친화적인 정책을 펼쳤다. 민생에 직접 도움이 되고 국민 체감도 높은 사업을 시행했다. 다음에는 더 좋은 정치지도자를 기대해 본다.

끝까지

어려운 승부였다. 이기기 힘든 싸움이었다. 네거티브가 심했고, 전 정부에 대한 심판 여론도 컸다. 오르락내리락하는 여론조사에 일희일비했다. 일원으로서 이기고 싶었다.

유권자 4,400만여 명이 투표하는 전국 선거였지만 한 표 한 표가 소중했다. 박빙이었기 때문이다. 그래서 대선 선대위 일원으로서 주변 아는 사람에게 연락하기 시작했다. 지지를 호소했다. 가족, 친구, 선후배, 직장동료에게 일일이 카톡과 문자를 보냈다. 전화도 했다.

어쩌면 쉬운 일은 아니다. 나의 정치적 성향을 드러내는 일이고, 친하다고는 하지만 상대방도 나에게 정치적 성향을 알려줘야하는 것이기 때문에 껄끄러울 수 있다. 하지만 용기를 냈다. 설득할 수 있으면 설득하고 싶었다. 아직 누구에게 투표할지 결정하지 못한 경우라면, 설득할 수 있지 않은가. 한 표가 어딘가.

전화기를 훑어보기 시작했다. 이 사람한테는 연락했고 저 사람은 지지해 준다고 했고. 또, 보고 있는데 예전 대학 때 잠깐 사귀었던 후배 이름이 나왔다.

잘 살고 있나. 대학졸업 후 고향으로 내려가 일을 하고 있다고 들었다. 연락을 해야 할까, 말아야 할까. 혹시 모르니 카톡이라도 한번 보내보자. 전 여자친구는 지금 특히, 지지가 적은 경상도에 있지 않은가. 주변도, 본인도 투표를 어디에 할지 모르는 일이다.

참, 평소에는 연락도 없다가 이런 일로 연락을 한다는 게 민망했다. 전 여친에게 후보 지지호소라니. 그래도 묻는 게 돈 드는 일도 아니고, 물을 수 있지 않은가. 용기를 한 번 더 냈다.

카톡을 보냈다. 안부 인사를 하고, 투표했는지 먼저 물었다. 다행히, 나의 인사와 물음에 전 여친은 답신을 잘 해줬다. 고맙다. 현재 경상도 지역에 살고 있지만, 이재명 후보를 사전투표에서 뽑았다고 전해줬다. 다행이었다. 주변 아는 사람들, 가족에게도 많이 홍보해 달라고 부탁했다.

선거는 치열해도 재밌게 해야 한다. 전 여친에게까지 지지를 호소했다고 동료들에게 말했다. SNS에도 공유했다. 사람들과 한바탕 크게 웃었다. 사람들이 "너 대단하다."고 웃으며 말하고, 댓글도 달았다. 재밌었다. 웃을 수 있었다. 그만큼 한 표 한 표가 간절했다.

결과는 국민 다수가 선택하는 대로 결정 나겠지만, 선대위 구성원으로서 최선을 다하고 싶었다. 지고 싶지가 않았다. 더 잘할 수 있을 거라고 확신하기도 했다.

투표 당일, 숨죽이고 있었다. 낮 시간 동안 투표율을 점검했고 투표 안 했을 거 같은 사람들에게 투표했는지 물었다. 공보단도 숨죽였다. 이길 수 있다는 희망도 있었다. 그렇게 되고 싶다고 기대했다.

투표 날 오후 6시는 두근대는 시간이다. 출구조사가 발표되는 시간이다. 일반적으로 방송사가 출구조사를 해서 투표 마감 시간에 맞춰 발표한다. 방송 3사 출구조사가 대표적이다. 다른 방송사에서도 간헐적으로 출구조사를 실시하고 발표한다.

2022년 3월 9일 오후 6시. 두근두근. 두 군데 출구조사가 발표됐다. 방송 3사 출구조사에서는 졌다. 하지만 다른 방송사 한 군데에서는 이겼다. 출구조사 기준 현재 스코어 일대일. 희망이 생겼다. 두 군데 모두 졌으면, 졌다고 생각할 수밖에 없는데, 한 군데는 지고 한 군데는 이겼다니.

희망 51%와 절망 49% 정도를 마음에 담고 동료들과 설렁탕을 먹으러 갔다. 밥은 먹고 해야 한다. 이런저런 대화를 나눴다. 희망이 좀 더 많은 대화였다. 한 군데에서는 이겼으니, 우리가 이길 가능성도 있지 않느냐. 나도 그렇게 생각했다. 희망은 언제나 즐겁다. 희망과 기대가 섞여 있었다.

시간이 지날수록 상대 후보가 쫓아왔고 밤 12시가 지나고부터는 역전이 됐던 거 같다. 역전 이후로 재역전은 없었다.

결국 방송 3사 출구조사가 결과를 정확히 맞혔다. 격차도 비슷하게 적중했다. 우리가 기대하고 희망했던 한 방송사의 출구조사는 틀렸다. 희망을 품는다고 결과가 달라지지는 않는다. 희망은 희망일뿐. 대선은 전국단위 선거다. 전국단위 출구조사의 오차는 매우 적다. 지역별로 분절되지 않고 전국 모든 유권자를 조사하는 것이기 때문이다.

대선이 아니라, 광역단위 지방선거, 지역구별 총선으로 가면 출구조사의 오차는 커진다. 지역별로 조사가 분절적으로 진행되고 표본 수가 그만큼 줄어들기 때문이다. 지방선거와 총선 때는 지역구별로 출구조사 결과와 개표 결과가 달랐던 경우가 많이 발생했다.

객관화의 훈련 과정이었다. 객관화는 언제나 어렵다. 나를 객관화하는 것, 상황을 객관화해서 객관적으로 받아들이는 것은 정말 어렵다. 희망과 기대, 절망과 불안이 뒤섞이기 때문에 사람이면 주관적으로 받아들일 수밖에 없다. 하지만 결과를 정확히 예측하고, 상황을 대처하기 위해서는 나와 상황을 항상 객관화하기 위해 노력해야 한다.

출구조사는 대선 끝까지 나를 괴롭혔지만, 나와 상황을 객관화하기 위한 또 하나의 경험이었다.

2022년 지방선거, 승리

대선이 끝나고 슬픔에 젖어 있었다. 한동안 휴식을 취하다가, 전화를 받았다.

"경기도 선거를 하자."

선배의 말에, 하루 고민했다. 그리곤 전화를 걸었다.

"같이 할게요."

대선 패배 이후 경기도 선거는 의미가 컸다. 꼭 이겨야 하는 선거였다. 대선에서 패배했기 때문에, 어려운 선거였다. 여론이 좋지 않았다. 지방선거 전체가 승리하기 매우 어려운 상황이었다.

경기도 선거 캠프에 참여했다. 꼭 이기고 싶었다. 한 번 졌으니, 한 번은 이겨야 했다. 야당 경기도지사 후보 선대위 캠프였다. 처음 사무실을 구성할 때부터 참여했다. 대선 때 고생했던 선후배들이 경기도 선거 승리를 위해 다시 모였다.

우리는 공보단을 만들었다. 논평과 기자회견, 보도자료, 메시지, 후보의 보도 관리 등 언론 대응과 관련된 모든 일을 했다. 사무실에서도 일했고, 현장에서도 뛰었다. 선거에서, 경선 초기부터 참여하는 일은 중요한 일이다. 초기부터 참여해야 사람 간 호흡이 잘 맞고, 일의 헤게모니도 잡을 수 있다.

경선에서 이겼다. 당시 후보는 제1 야당에 새로 들어온 새내기 당원이었다. 그래서 당원의 지지를 얼마큼 받을 수 있을지 모두 궁금해했다. 하지만 당내 다선 의원을 제치고 과반수 득표를 얻었다. 50.67%. 득표율이 50% 미만이었으면 1위와 2위 간 결선투표를 해야 했는데, 과반이 살짝 넘은 득표율이었다. 신의 숫자다. 국민과 당원의 선택이 이렇게 신비롭다. 집단지성의 힘이다.

본선은 어려웠다. 처음에는 후보의 지지율이 높았지만, 선거 중

후반으로 갈수록 힘에 부쳤다. 상대 후보가 치고 올라왔다. 상대 후보는 현장 스킨십이 강하다는 평가를 받았다. 우리 후보는 관료 출신이어서, 현장 스킨십에서 밀린다고 했다.

상대 후보는 재산신고 문제와 경기도 실거주 문제 등으로 공격을 받았다. 이것이 상대 후보의 발목을 잡았다. 결과는 우리 후보의 신승이었다. 0.15%p 차이였다.

개표 과정은 더 극적이었다. 캠프에 있었다. 출구조사 결과는 지는 것으로 나왔다. 이전 대선 때 방송 3사의 출구조사가 정확했기 때문에, 캠프 사람들은 실망했다. 질 거 같았다. 그래도 친한 선배는 나를 위로했다.

"대선은 출구조사가 정확하지만, 지방선거는 지역구가 쪼개져 있기 때문에 출구조사의 오차가 크다."

실낱같은 희망이 없지 않았다. 하지만 많은 사람이 실망하고 캠프 사무실을 떠났다. 일부는 밥을 먹었고 술을 마셨다. 몇몇은 고개를 숙이고 공원을 돌고 돌았다. 나는 캠프에 남았다. 개표 결과를 계속 봤다. 포털 숫자는 업데이트가 늦었다. 선관위 개표현황 홈페이지에 직접 들어가서, 수없이 새로고침을 클릭했다.

밤 12시쯤 됐을까, 후보의 득표율이 0.1%p씩 조금씩 높아지고

있었다. 새로고침 할 때마다, 30분이 지날 때마다 0.1%p씩 높아
지는 게 아닌가.

나는 소리쳤다.

"0.1포인트 상승!"

사람들이 놀라, 주변으로 모였다. 점점 더 사람이 늘었다. 우리
팀 공보단이 개표 상황실이 됐다.

새벽 1시, 2시, 3시가 되면 될수록, 두 후보의 격차는 줄어들었
다. 이대로 간다면 역전도 가능할 거 같았다. 개표가 느린 지역은
성남시 분당구, 부천시, 화성시 등이었다. 인구가 많은 곳의 개표
가 느렸다. 수원시도 비등비등하게 나아가고 있었다.

격차가 1포인트가 되더니, 0.5포인트로 줄었다. 나는 소리쳤다.

"격차 0.5로 축소!"

나는 져도 즐겁게 지고 싶었다. 대선도 지고 지방선거도 지는
건 쓸쓸하지만, 국민의 선택인 것을 어떻게 하겠는가. 우리 같은
사람은 받아들일 수밖에. 왜 졌는지 분석하고, 다음에는 이길 수
있도록 해야 한다는 것을. 하지만 신기하게도 경기도민은 후보를
쉽게 놓아주지 않았다. 새벽 5시. 사람들이 분석하기 시작했다.

"현재 개표가 많이 남은 곳은?"

"분당, 부천, 화성, 안양입니다."

"그러면 우리가 이길 수 있다!"

사람들이 흥분했다. 점점 더 좁혀졌다. 수원은 약간 이기고 있었다.

새벽 5시 30분쯤이었던 거 같다.

"드디어 역전!"

나도 사람들도 소리쳤다.

정말 극적이었다. 정말 기뻤고, 나도 사람들도 날뛰었다. 이런 카타르시스를 또 느낄 수 있을까. 아마 없을 것이다. 이런 아드레날린을 또 느낄 수 있을까. 아마 없을 것이다.

마지막에 분당에서는 상대 후보가 우세했고, 부천시와 화성시에서는 우리 후보가 우세했다. 결국 부천시와 화성시가 후보를 지사로 만들었다.

그 시각, 후보가 캠프로 들어왔다. 우리는 승리를 연호했다. 열광의 도가니였다. 우리는 승리했다. 경기도를 지켰다. 평생 잊지 못할 선거다.

다시 승리

승리는 언제나 즐겁다. 선거는 권력을 획득하기 위한 소리 없는 전쟁이다. 시민의 표로 권력을 획득해서, 세상을 더 좋게 만들기 위해 권력을 선용해야 한다. 그래서 승리해야 한다.

2024년 4월 10일 총선, 이겼다. 경기도 하남지역 선거에 참여했다. 하남은 내가 사는 지역의 옆 동네다.

예비후보 단계에서부터 선거를 준비했는데, 내가 지원했던 예비후보는 아쉽게도 공천을 받지 못했다. 아침 6시부터 밤늦게까지 후보와 함께 다니며 선거운동을 했다. 미사역, 하남시청역에서 출퇴근 인사, 황산사거리에서 출근 인사, 호수공원 인사, 상가인사, 행사 참석, 지지자 모임, 경선준비까지. 많은 일을 했고, 함께 일하는 동료가 있었기 때문에 할 수 있었다.

하지만 후보는 공천받지 못했다. 많은 변수가 작용했을 것이라 짐작한다. 우리 후보는 결과를 받아들였다. 승복했다.

본선거가 시작됐다. 다시 하남 후보 선대위의 정책, 하남지역 현안, TV토론 준비 담당자로서 합류했다. 내가 후보는 아니었지만 이기고 싶었다. 전국적으로 선거에서 이겨야 했고, 우리 후보도 이겨야 했다. 그래야 국민의 뜻에 맞게, 현재 비판받는 집권여당을 견제할 수 있었다.

나는 최대한 밖으로 나가고자 했다. 길에서 시민을 만나서 분위기를 봤고 우리가 이길 수 있을까, 얼마큼 이길 수 있을까 가늠했다. 이길 수 있을 거 같았지만, 쉬운 선거는 아니었다. 여론조사로는 10%p 차이로 이긴다는 보도도 있었지만, 나는 그렇게 생각하지 않았다. 이기더라도 5%p 이내일 거라고 예상했다. 결과는 약 1,200표 차 신승이었다. 1천 표 차이이든 1만 표 차이이든, 승리는 승리였다.

소리를 질렀다. 즐겁고 기뻤다. 목이 쉴 정도로 승리를 외쳤다. 수많은 동료와 인사했다. 서로 안았고 악수했다. 눈을 맞추고 기쁨의 눈물 흘렸다. 함께 즐겁게 선거를 했고, 이길 수 있었다. 선거는 끝났지만 인연은 이어졌다. 사람이 남았다.

영화 〈귀향〉을 연출한 조정래 감독을 만났고, 새로 만들고 있는 〈초혼〉 영화에 소액이지만 투자했다. 조정래 감독은 나와 같은 동네에 사는 주민이다. 선거로 이어진 인연이다. 선거는 수많은 인연을 만든다. 인연은 내 삶의 자산이다.

선대위에 조금이나마 힘을 보탠 사람으로서, 시민과 국민의 선택을 겸허히 받아들이고 싶다. 이겼지만 앞으로 할 일이 많다.

총선은 지역구 선거다. 특히, 수도권의 지역구는 범위가 작다. 걸어 다녀도 충분히 다닐 만큼 크기가 작은 경우도 있다. 좁은 지역에 인구가 많기 때문이다. 정책, 현안대응, TV토론 등 서류를 만드는 일도 중요하지만, 선거는 역시 길거리로 나가는 게 더 중요하다. 핵심 지지층은 어디에 투표할지 이미 결정을 내렸다. 그래서, 표심을 아직 결정하지 못한 중도층의 지지를 더 얻어야 한다.

길로 나서야 한다. 길에서 보통 사람에게 지지를 호소하고, 쓴소리든 좋은 소리든 들어야 한다. 경청하는 일이 선거의 시작과 끝이다. 정치도 마찬가지다. 듣는 것에서부터 시작해야 한다.

보좌관의 속살

국회의원 보좌관은 공무원 직급으로 따지면 4급이다. 4급이면 정부 중앙부처 또는 서울시 등 광역지자체의 과장급이다. 지역 세무서장, 경찰서장이 4급 상당이니까, 절대 낮은 직급이 아니다. 일반 공무원과 마찬가지로 4급 이상이기 때문에 정기적으로 재산신고도 한다.

공무원 분류로 볼 때 보좌관은 별정직 공무원이다. 별정직 직류는 장관 또는 국회의원, 지자체장 등 선출직 고위 공직자가 지목해 비서실 직원으로 임명할 수 있는 공무원 직책을 말한다. 즉, 별도의 시험과 면접 등 선발절차 없이 임명할 수 있는 자리라는 것이다. 반대로, 임명도 자유롭지만 그만두게 하는 것도 자유롭다. 임명권자가 그만두라고 하면 언제든지 그만둘 수 있는, 그만둬야 하는 자리가 별정직이다.

보좌관은 안정적인 일자리는 아니다. 언제든지 자의 반 타의 반으로 퇴직할 수밖에 없는 자리다. 그렇지만 행정부와 국회, 지자체에 별정직이 다수 존재하기 때문에 능력과 역량, 경력이 된다면 언제든지 채용될 수 있는 장점도 있다.

국회의원 소속 보좌진은 총 9명이다. 4급 보좌관 2명, 5급 선임비서관 2명, 6급, 7급, 8급, 9급 비서관, 인턴 각 1명이다. 각 의원실마다 상황은 다르지만 일반적으로 지역구 의원일 경우 지역구 사무실에 보좌관 1명과 그 외 비서관 1명 포함 2명을 배치한다. 또한, 국회의원을 수행하고 운전하는 비서관 1명을 둔다.

국회의사당이 있는 여의도 국회의원회관에는 보좌관 1명과 행정비서관 1명, 그 외 정책과 홍보를 담당하는 비서관 등 6명이 배치된다. 상황에 따라 지역구 3명, 수행 1명, 서울 사무실 5명으로 배치되는 경우도 있다.

국회의원 활동은 서울 국회의사당에서 펼쳐지는 의정활동과 지역구 활동으로 크게 나눌 수 있다. 국회 의정활동은 상임위 활동과 정당 활동으로 나뉜다. 지역구 의원은 일반적으로 월~금요일 오전까지 여의도에서 활동하고, 금요일 오후~일요일까지 지역구에서 지역 주민들을 만난다.

보좌관은 의정활동과 지역구 활동 모두를 보좌해야 한다. 의정 활동 중에서도 상임위 활동이 매우 중요하다. 3선 이상 중진일수록 상임위 활동의 비중이 줄어들기는 하지만, 의원은 상임위에 소속돼 특정 정부부처와 관련된 정책적, 정무적 일을 한다. 제도 개선을 위한 법안을 발의한다. 상임위와 예결위를 통해 정부 예산을 심사하고 필요한 예산을 반영한다. 인사청문회와 당직 업무 등 추가적인 일도 해야 한다.

지역구 활동은 지역구 예산사업 챙기기와 일상적인 주민과의 소통, 주민의 민원 해결, 지역구 홍보활동 등이 주를 이룬다.

그 외에도 선거가 있을 때마다 선거에 투입된다. 총선, 지방선거, 대선, 당내 선거 등 선거는 평균적으로 1~2년마다 한 번씩은 꼭 있다. 선거 업무를 보는 것도 보좌관의 주요 업무 중 하나다.

나는 상임위로 교육과학기술위원회, 기획재정위원회, 미래창조과학방송통신위원회, 행정안전위원회, 국토교통위원회를 경험했다. 함께 일했던 국회의원이 소속된 상임위에서 보좌관도 일을 한다. 경험했던 5개 상임위 모두 의미가 크다. 이곳에서 많은 경험을 했고, 직업적·정책적 역량을 쌓았다.

주변의 인적 자원을 늘릴 수 있었고, 정당의 일원으로서 집권을 위해 어떠한 것을 준비해야 하는지 알 수 있었다. 선거에서 실무적으로 일할 수 있는 주요한 인력은 정당의 당직자와 보좌진들이다. 중요한 역할을 한다.

다만, 직업적으로 볼 때 보좌관이 쉬운 직업은 아니다. 국회의원과 직접 대면하며, 그들의 일거수일투족을 챙겨야 하고 공적, 사적 업무 모두를 봐줘야 하기 때문이다. 의정활동과 지역구, 선거, 정당 내 활동 등 공적인 업무를 챙기는 일 자체도 많지만, 그 하나하나를 잘해내야 한다. 국회의원이 하는 일을 모두 같이 한다고 보면 된다. 보좌관은 국회의원이 하는 일을 미리 챙기는 사람이다.

예를 들어, 간담회를 하고 어디를 방문하고 기자회견을 하고 메시지를 낸다고 할 때, 이것을 미리 준비하는 일이다. 일을 잘 기획해 놓고, 의원은 몸을 움직이고 말을 해서 정치를 한다. 그러한 행동, 말, 오는 사람, 위치, 시점, 장소 등을 기획하고 준비를 하는 일이 그렇게 호락호락하지만은 않다. 한두 개라면 금세 할 수 있겠지만, 이러한 수많은 일이 겹쳐서 발생한다고 할 때, 챙겨야 할 것들은 기하급수적으로 늘어난다.

국회의원의 감정선도 챙겨야 한다. 우리 모두 사람이고, 의원도 사람이다. 사람이라면 감정이 있다. 모두가 이성적인 면만 있는 것은 아니지 않은가. 사람의 이성과 감정을 모두 챙겨야 하는 것은 감정노동의 영역이다. 보좌관은 감정노동도 해야 한다. 그래야 일이 잘 돌아간다.

제대로 일하는 보좌관이라면, 일을 정확히, 실수 없이, 판단력 있고, 빠르게 해나가야 한다. 일반 사람이 이틀 동안 하는 일의 양이 있다고 하면, 보좌관은 이를 반나절 만에, 소위 말해 일을 쳐낼 수 있어야 한다. 정확하고 빠르게. 이렇게 일할 수 있는 보좌관이 생각보다 많지 않다.

다년간의 훈련과 노력, 역량, 노하우가 필요한 일이다. 한 번에 될 수 없다. 행정과 입법, 네트워크, 판단력, 성품 등이 어우러져야 잘할 수 있다. 그래서 힘들지만 매력적인 직업이기도 하다. 특히 인격적, 정치적 동지에 가까운 정치인과 함께 일한다면, 훨씬 더 시너지가 날 수 있다. 그 반대라면, 시너지가 나기 힘들다.

나는 2009년 인턴부터 시작해서 운 좋게도 4급 보좌관까지 올라갔다. 의원과의 친소관계가 있거나 예전부터 일해온 사람인 경우에는 인턴부터 하지 않고 중간에 5급 비서관 또는 보좌관으로 바로 선임되는 경우도 있다. 일반적으로는 인턴부터 시작해서 보좌관을 달고, 다른 일을 하는 경우가 많다. 그래야 일의 역량과 노하우를 자연스럽게 쌓을 수 있다. 최근엔 5급 비서관까지 하고, 30대 중반에 기업으로 이직하는 숫자가 늘었다.

국회 인턴직은 은근 문턱이 높다. 의원실 또는 국회 관련 일을 한 번도 경험해 보지 못한 사람을 처음 뽑기는 쉽지 않다. 1개라도 경험을 가진 사람을 뽑고 싶어 한다. 의원실의 욕심이다. 처음부터 잘하는 사람이 어디 있겠나. 처음부터 경험을 가진 사람이 어디 있겠나. 그래서 보좌관은 인턴을 키울 생각을 해야 한다. 의원실 일을 한 번도 해보지 않은 사람을 선발해서, 그를 제대로 함께 일할 수 있는 보좌진으로 키우는 일도 보좌관이 해야 할 일이다.

그래야 내가 소속된 정당과 의원실에 인재가 지속적으로 늘어날 수 있다. 사람을 키우지 않고서는 일 잘하고 유능하며 정치적 가치를 공유하는 인재를 얻을 수 없다.

의원과 보좌관은 인격적인 면모를 갖춰야 한다. 의원과 보좌관 중에서 인격적인 문제를 갖고 있는 경우도 종종 있다. 사람을 괴롭힌다. 인격적으로 공격한다. 심지어 심한 말을 하거나, 사회적으로 문제가 될 행동을 하는 경우도 있다. 직급의 높고 낮음을 떠나, 사람과 사람의 관계라면 있어서는 안 될 일이다. 유교적 사회 기반에서 권위주의적인 것이 아예 없어질 수는 없겠지만, 서로 인격적으로 대하면 일이 더 잘되는데, 불합리한 현실을 목도하는 것은 아쉽다.

모두 국민을 위해 하는 일이다. 서로 존중하면서 일하면 좋겠다. 실력도 좋고 당선도 좋고 일도 좋다. 하지만 기본적인 것이 인격이다. 의원도 국민이고 보좌진도, 인턴도 국민이다. 서로 존중하며 정치적 동료로서 일하면 더 좋은 시너지가 난다.

좋은 의원과 좋은 보좌진들이 의기투합해서, 더 좋은 정책과 법률, 예산으로 국민의 삶의 질을 높이고, 민생을 개선할 수 있기를 기대한다.

이런 일이 있었다. 지난 2022년 대선에 힘을 보태고 싶었다. 져서는 안 되는 선거였고, 자원봉사를 하더라도 당의 일원으로서 작은 힘이나마 보태고 싶었다. 그런 마음으로 직전에 일하고 있던 곳에 퇴직 의사를 밝혔다. 문제는 그때부터였다.

당시 내가 소속돼 있던 사무실의 A는 나를 뒤에서 괴롭혔다. 나는 대선 후보 선대위의 어느 부서에 배치가 됐는데, 일한 지 이틀만이었을까 그곳을 나가야 했다. 알고 보니, A가 더 높은 사람을 통해 나를 몰아냈던 것이다. 허탈했다. 이렇게 되기도 하는구나. 내가 힘이 약한 것을 어떻게 하겠나. 나는 부당하다고 느꼈고, 문제제기 하고 싶었지만 그렇게 하지 않았다. 그냥 넘어갔다. 받아들이고 집으로 돌아갔다. 더 좋은 일이 있겠지.

이후, 나는 선대위 공보단에 다시 배치됐다. 그리고 대선에서는 우리 후보가 패배했지만 나는 공보단에서 내가 맡은 바 임무를 잘 마무리할 수 있었다. 글자로만 읽었던 "새옹지마"라는 사자성어를 실전에서 경험했다.

A는 내가 미웠었나 보다. 악연은 다음에도 이어졌다. 대선이 끝나고 경기도지사 선거를 위해 수원에서 일했다. 경선이 잘 마무리되고 본선에 들어섰다. 선대위 사무실도 수원 지동에서 수원시청 인근 중심가로 새로 옮겼다. 당시 많은 정치인들이 선대위에

합류했다. 정치인들은 높은 직책을 맡았다. 나는 당시 선대위 공보단 팀장으로 있었는데, 경선이 끝나고 공보단이 대변인단과 공보단으로 확장, 분리됐다.

A는 정치인을 따라 선대위 초반 수원 사무실에 종종 왔다. 엘리베이터에서 딱 만났다. 나는 안면도 있고 나보다 나이도 한두 살 많았기 때문에 인사를 하려 했지만, 그는 나를 외면했다. 그래서 나도 외면했다.

A는 나를 보고 아는 척도 하지 않았다. 그리고는 뒤에서 또다시 뒤통수를 치기 위해 모략했다. A가 선대위에 "높은 사람이 나를 불편해하니, 나를 다른 곳으로 배치하라."는 식으로 요구했다고 전해 들었다. 어이가 없었다. 나는 A를 괴롭힌 적이 없다. 그런데 그는 나의 권리를 부당한 방식으로 침해했다. 지속적으로 내가 일을 하지 못하게 시도했다.

하지만 A의 노력은 실현되지 못했다. 내가 나의 자리에서 역량을 갖고 성실하게 일하고 있는데, 어떻게 나를 명확한 이유도 없이 내보낼 수 있겠는가. 상식적인 일이다.

나는 이런 상황을 알았지만, A에게 문제제기 하지 않았다. 사실 좀 유치했다. 단지 내가 마음에 안 들어서 나의 뒤통수를 치려 했지만, 실현하지 못했다. 인품에 문제가 있는 것이다.

A는 여의도에 계속 있을 것이다. 비슷한 영역에서 계속 마주칠 수 있다. 살면서 원치 않는 경험을 하게 되는데, 그것 또한 경험

이다. 내 마음의 근육이 늘어가는 과정이다. 그 사람의 인성을 명확히 알아가는 과정이기도 하다. 후배들에게 당부한다. 그런 사람은 조심하라고. 어느 조직이나 마찬가지겠지만, 조심해야 할 사람, 가까이하면 좋지 않은 사람이 이곳 국회에도 있다.

사람을 뒤에서 괴롭히는, 이런 사람이 되지 않기 위해 노력해야 할 책임도 우리에게 있다.

나쁜 경험도 있지만, 좋은 경험이 더 많다. 국회는 민원이 엄청나다. 행정부와 사법부에서 해결하지 못하는 민원이 국회로 밀려들어 온다. 어쩔 수 없다. 국회가 할 일이다. 보좌관은 민원인에게 친절해야 하고, 민원을 잘 해결해야 한다. 사실 말도 안 되는 민원도 있지만, 민원은 대부분 민생 문제다.

2022년 여름, 수해가 크게 났다. 경기남부 지역 중 한 곳에 산비탈 아래 신축한 단독주택 단지가 있었는데, 집중호우로 산사태가 나서 단독주택 단지를 밀고 들어왔다. 비가 산을 쓸어 내렸다. 1층에 있는 주택 서너 곳이 흙과 돌로 파손됐다. 거실과 방에 있던 사람 몇몇도 크게 다쳤다. 다리가 부러졌고 몸에 상처가 났다. 피해자 중에는 어린이도 있었다.

파손된 주택은 분양받은 지 몇 년이 안 된 새집이었다. 피해자는 대부분 세입자였다. 죽은 사람이 없는 게 다행이었다. 문제는 보상이었다. 특별재난구역으로 지정이 되고 주택 파손 보상을 받아도 큰 금액이 아니었다.

건설사의 잘못이 컸다. 산비탈 아래에 주택 단지를 지었지만, 홍수 대비가 제대로 안 됐다. 가림막도 제대로 설비하지 않았다. 한 국내 건설사였다.

나는 건설사와 피해자협의회를 연결했고, 3자가 소통하기 시작했다. 국가와 지자체 보상은 작지만 될 것이다. 가림막 설치와 절벽 처리 등 홍수 대비를 제대로 하지 못했고, 토지 위치와 주택 설계를 산비탈 가까이에 해서 홍수에 취약하게 집을 지은 건설사의 잘못을 지적했다. 지적하면서 으박지르지 않았다. 좋은 방향에서 해결하자고 권유했다. 다만 건설사의 과실이 있지만, 법적 문제로 비화하면 건설사도 부담이었다. 공식적인 보상이 되면 선례를 남긴다는 부담도 있었다.

이 지점에서 위로금 지급을 제안했다. 위로금 명목으로 피해자에게 보상하면, 공식적인 보상은 아니지만 피해복구용 자금으로 지원될 수 있지 않은가. 피해자협의회도 설득했다. 피해자협의회는 공식적 보상을 처음부터 요청했다. 소송도 불사한다고 주장했다. 하지만 실용적인 대책이 중요하다고 지속적으로 설득했고, 위로금 방식을 받아들이기로 했다.

소통하는 데 한 달 정도 소요됐다. 지난한 과정이었지만, 결국 민원 하나를 해결했다. 조금이나마 시민의 억울함을 풀어줬다. 피해자들이 금전적 보상을 추가로 받을 수 있게 됐다. 해당 건설

사가 지급한 위로금은 수천만 원이었던 것으로 기억한다. 얼마라
도 추가로 지원을 받아야 집도 고치고 다친 사람을 더 잘 치료할
수 있다. 피해자의 경제적 부담도 완화할 수 있다. 건설사도, 피해
자도 모두 감사의 말을 전해왔다. 조용하게 민원을 해결했다. 좋
은 일이었다.

자존심

일하는 사람끼리 신뢰 관계는 중요하다. 신뢰가 없으면 될 일도
안 된다. 신뢰가 있으면 안 될 일도 잘 만들 수 있다. 그만큼 팀워
크가 중요하다. 이런 이야기를 들어본 적이 있다.

미국에서 최고로 평가받는 한 기업에서, 직원이 성과를 내는
데 가장 중요한 변수가 무엇인지 조사했다고 한다. 능력, 학력, 경
력, 연봉, 근속연수, 의지, 가족. 모두 아니었다. 성과를 내기 위해
서 가장 중요한 것은 바로 심리적 안정감이었다고 한다. 심리적
안정감은 다른 말로 동료들 간 신뢰 관계다.

팀에는 팀장, 팀원이 있다. 큰 팀도 있고 좀 작은 팀도 있지만,
대체로 한 팀은 5~6명 정도로 구성된다. 팀장 1명에, 직급은 다

를 수 있지만 4~5명의 팀원들이 함께 일하는 체계다. 우선 팀장이 리더십이 있어야 한다. 리더십은 강력한 어떤 성향 이런 게 아니다. 자기 할 일을 책임성 있게 하고, 자기 일을 팀원에게 미루면 안 된다. 잘못한 일이 있으면 스스로 밝히고 성찰해야 한다. 팀원이 실수한 경우에는 책임을 함께 나눠질 수 있어야 한다.

그리고 팀원들에게 업무 분장을 정확하게 해줘야 한다. 일 잘한다고, 1명에게 과한 업무량이 가서는 안 된다. 업무 지시는 구체적이고 정확해야 한다. 팀원을 인간적으로 대해줘야 한다. 그러면 신뢰 관계가 구축된다. 신뢰로 심리적 안정감이 형성되면, 일이 잘되고 좋은 성과를 낼 수 있다.

신뢰에 가장 방해가 되는 요소가 자존심 문제다. 자존심을 부리면 안 된다. 자존심은 낮추고, 자존감은 높여야 한다. 어려운 일이지만, 자존심을 낮추기 위해서는 자신을 알아야 한다. 하나 마나 한 소리처럼 들릴 수도 있는데, 정말 중요한 철학적 질문이다. 너 자신을 알라. 나 자신을 알라.

안타까운 점은 일터에서 사람들이 자존심을 많이 부린다는 것이다. 다른 사람에게 꿀리면 안 되니까. 아랫사람에게 모르는 게 들통날까 봐. 타인이 나를 무시할까 봐. 내가 잘났다고 인정받고 싶어서. 내가 똑똑하다고 자랑하고 싶어서. 무서울 수 있다. 포장하고 싶은 욕구도 당연히 있다.

나의 존재감을 부각하고, 나의 능력을 과시하고, 내가 모르는 게 없다고 타인에게 인지시킬 수 있다고 그들은 생각한다. 하지만 안타깝게도 그렇지 못하다. 솔직해져야 한다. 빈 수레가 요란하다.

자존심을 낮추기 위해서는 우선적으로 자신의 부족한 점, 자신이 모르는 것을 스스로 인정해야 한다. 성찰하고 반성할 줄 알아야 한다. 그렇지 못하면 이상해지고 꼬인다.

자존심을 부려서 신뢰를 잃은 경우가 참 많다. 자존심은 거짓말과 회피로 나타난다. 어떤 홍보물을 만들 때의 일이다. 그가 홍보물을 만들었다. 본인이 만들었고 본인이 결정했다. 만들 때는 많이 자랑했다. 내가 이래서 알고, 이것도 해봤고, 나니까 이 정도라도 만들 수 있었다, 라고. 홍보물은 상부에 보고하고 만들었겠지만, 최종 결정은 본인이 한 것이다. 하지만 최종 홍보물에 실수가 있었다. 문구에 실수가 있었고 표기에 오타도 나왔다. 문제는 홍보물이 이미 다 책자로 만들어졌다는 것이다.

누구나 실수할 수 있다. 물론 프로의 세계에서는 실수가 없어야 하겠지만, 사람이 하는 일에 실수가 없을 수는 없다. 그렇다면 인정하고 들어가면 될 일이다. 하지만 자존심이 강하다. 항상 그랬다.

"내가 그러지 말자고 했잖아. 내가 결정한 게 아니다." 거짓말하고 회피한다.

누구나 다 알고 있는 사실에 대해 그렇게 말한다. 본인은 거짓말하고 회피하면 타인이 그렇게 받아들일 거라고 생각할 수 있다. 대외적으로 그렇게 말해놓으면 최소한 본인의 책임이 반감되는 효과를 누릴 수도 있다. 하지만 사람들은 여기서 신뢰가 무너진다.

회피했고 책임감도 보이지 않았기 때문이다. 한 번 정도는 넘어갈 수도 있다. 사람이면 나쁜 상황에서 회피하고 싶은 욕구가 당연히 있게 마련이다. 아무리 역량이 뛰어나도 실수할 수 있는 것 아닌가. 하지만 회피와 무책임이 여러 번 반복되면 그 사람에 대한 신뢰도가 0이 된다. 이때부터 팀워크는 무너진다. 일을 서로 미루고, 서로 믿지 못하고 상의하지 못한다. 급기야 잡아낼 수 있는 실수에도, 누구도 말하지 않고 그냥 넘어가는 사태에 이른다. 악화의 나선형이다.

안타깝다. 안 그래도 되는데. 왜 본인이 잘나 보이고 싶어 할까. 모든 걸 아는 똑똑한 사람이어야 하고, 타인이 많이 아는 사람으로 인정해 주기 원하고, 타인의 시선에 그토록 신경을 쓸까. 안타깝게 바라볼 수밖에 없다.

나도 자존심이 셀 때가 있었다. 30대 초반 사무실을 이동했을 때의 일이다. 나는 첫 직장에서 일을 잘했다고 생각했다. 실제로 지난 기간, 큰 성과도 많이 냈다. 동년배 중에서는 최고까지는 아니겠지만, 열 손가락 안에 들 정도로 일을 잘 배웠고, 잘한다고 생각했다. 자신감이었을 수도 있고, 자존심이었을 수도 있다. 내가 부족한 사람이 아니라고 연막을 피운 것일 수도 있다.

하지만 누군가로부터 "전에 사무실에서 뭘 배웠나."라는 말을 들은 적이 있다. 지금까지 살면서 타인으로부터 이런 말을 두 번 정도 들은 기억이 있다. 두 번 정도면 많은 숫자는 아닐 것이다. 하지만 들은 기억이 뚜렷한 걸 보니, 아직도 일말의 자존심이 마음속에 남아 있는 듯하다.

그 말을 들었을 때 당시 너무도 화가 났다. 겉으로는 내색하지 않았지만, 내면에서는 화가 일었다. 어떻게 저런 말을 할 수가 있을까, 내가 그렇게 못났나, 이건 인격 모독이다. 화났다.

자존심이 셌기 때문에 화가 났을 것이다. 내가 일 못하는 사람으로 비치기 싫었던 것이다. 그게 무서웠던 거다. 여기서 살아남으려면 실력이든 역량이든, 선임에게든 동료에게든 잘 보여야 하는데, 뭔가 들킨 것 같아 뼈아팠던 것이다. 그래서 내적 갈등이 생겼고 화가 났을 것이다. 자존심이다.

부족했기 때문에 자존심이 있었다. 부족한 걸 인정했다면, 어떤 부분에서 그렇게 말한 것이냐고 진지하게 다시 물어봤다면, 내가 성찰하고 반성해야 할 부분은 어떤 것이었는지 생각했다면 좋았을 텐데, 당시에 나는 그러지 못했다. 내면의 힘이 채워지지 않은 상태였기 때문이다.

지금은 화가 덜 난다. 그때 내가 화가 났던 건 부족함을 들키지 않기 위한 자존심 때문이었구나, 라고 마음을 들여다본다. 누구나 부족하다. 나도 부족하다. 채워진 것도 있고 잘하는 것도 있다. 더 채워나가야 할 부분도 있고, 잘 못하는 부분도 있다. 내 모습 그 자체로 생각해야 한다.

자존심을 부리면 일을 망친다. 함께 일하는 사람과의 신뢰 관계를 무너뜨린다. 신뢰가 무너지면, 함께 일하는 사람이 심리적 안정감을 가질 수 없다. 일의 성과도 떨어진다. 팀 사기도 저하되고 자신도 망치는 일이다. 자존심은 거짓말로 이어진다. 거짓말은 나를 회피하는 일이다. 타인이 모를 것 같지만, 들어보면 거짓인지 아닌지 느낌으로 안다. 그래서 굳이 그럴 필요가 없다.

만약, 후배가 자존심을 세운다면 좋게 이야기해 주고 싶다. 하지만 선배 또는 선임, 더 높은 사람이 그러면 말해주기가 어렵다. 그러려니 안타깝게 바라볼 수밖에 없다. 자존심을 낮추기 위해서는 스스로 성찰하는 힘을 길러야 한다.

사람

두 달 정도 함께 일한 후배가 있다. 후배는 다른 곳에서 비정기적으로 일을 하다가, 내가 속한 사무실에 9급으로 채용됐다. 주요 업무는 홍보였고, 적극적이고 우직한 품성을 지닌 사람이었다.

처음으로 공무원 직급을 다는 일이어서, 본인에게도 좋은 기회이고 도전이었다. 정책 업무도 해보고 싶어 했던 후배. 내가 가진 업무자료를 전부 줬다. 조언도 해줬다.

"나중에 국토위 업무를 하게 된다면, 내가 준 자료를 잘 보고 그 방식대로 정책을 만들어 나가면 도움이 될 거예요."

"상황상 더 오래 함께 일하긴 힘들겠지만, 일의 방법만 터득하면 다른 곳에서도 잘해나갈 수 있어요."

보좌관은 후배를 키우는 일이기도 하다. 나와 후배들은 경력과 연령, 직급이 다르지만 같은 곳에서 비슷한 뜻을 공유하는 동료라고 생각한다. 단순히 상하관계가 아니다. 그래서 보좌관은 사람을 소중히 여기고, 사람도 키울 줄 알아야 한다.

일한 지 한 달 반 정도 됐을 무렵, 그 후배가 울었다. 일이 힘들었고, 사람 때문에 상처를 받았다. 우는 모습에 마음이 아팠다. 내가 할 수 있는 일이 많이 없었기 때문이다. 무기력했다.

차 한잔하자며 밖으로 이끌었다. 사무실 근처 커피숍 2층 구석에서 이런저런 대화를 나눴다. 선배로서 공감하면서도 나름의 해결책을 제시해 주고 싶었다.

"국회에서 보좌진을 계속할 생각이 있나요?"

보좌진으로 계속 일할 것인지, 안 할 것인지는 중요한 변수다. 보좌진을 계속할 마음이 있다면 좀 참아보는 것도 좋지만, 직업적으로 계속할 마음이 없다면 한 살이라도 더 어릴 때 다른 직업을 구하는 게 현명한 일이었다. 후배 나이도 벌써 스무 살 막바지였다. 삶에서 중요한 나이다.

"잘 모르겠어요. 그치만⋯."

상처로 마음이 많이 흔들리는 거 같았다. 직업은 현실이다. 자기 경력도, 자아실현도, 하고 싶은 일을 하는 것도 중요하지만, 밥벌이도 중요하다. 중요하지 않은 변수가 하나도 없다. 나는 두 가지 방법을 제시했다.

"너무 힘들면 당장 그만두는 게 좋아요. 울면서 일한다는 게 얼마나 괴로운 일인가. 다 먹고살 방법은 있어요."
"그렇지만, 앞으로 보좌진을 계속하고 싶은 마음이 있다면, 한 달만 더 일해봐요. 한 달 후에도 정말 아니다 싶으면, 그때 그만둬도 돼요."

후배는 한 달 넘게 더 일했다. 괴로웠을 것이다. 근본적인 문제가 완벽히 해결되지는 못했다. 하지만, 잘 참아냈다. 의연하게 대처했다. 짧은 기간 동안 일했던 경험이 그에겐 큰 역량이 됐을 것이다. 스트레스는 많이 받았겠지만, 좋은 경험도 나쁜 경험도 앞으로 일하는데 피가 되고 살이 될 것이다.
후배는 앞으로도 보좌진으로 계속 일하려고 마음먹었다. 비서관으로서 소임을 다하기로 했다. 이 소식을 듣고 기뻤다.

"국회에서 보좌진으로 계속 일하기로 했네요?"

그는 미소로 대답했다. 나도 미소를 보였다. 좋은 역량을 가진 사람으로 성장하길 기대한다.

용기

들어갈 때가 있으면 나갈 때도 있는 법이다. 언제든 그만둘 준비를 하고 하는 일이 보좌관의 업무다. 선배에게서도 그렇게 배웠지만, 보좌관은 항상 왼쪽 주머니에 사직서를 꽂아놓고 일하는 직업이다. 그만큼 직언도 해야 하고, 어떨 땐 직책을 던져서라도 신념을 관철할 수 있는 용기가 필요하다. 하지만, 그것이 그렇게 쉬운 일은 아니다. 그렇게 하지 못하는 경우도 있고, 그렇지 못한 사람도 많다. 어쩔 수 없이 먹고살아야 하고, 직업이기 때문이다.

먹고사는 문제에 자유로운 사람은 많지 않다. 나도 마찬가지다. 일하고 돈 벌어 먹고산다. 아이를 키우고 가정생활을 한다. 소액이지만 공익 기부도 약간씩 한다. 사람이 살아가는 모든 곳에 비용이 든다.

하지만 그 자체에 억눌리기는 싫었다. 가치관을 가진 직업인이고 싶었고, 그렇게 일하기 위해 노력했다. 가치관을 가지고 일했다. 그런 직업이었다. 만약, 연봉만이 목적이었다면 공적 기관에서 일하는 직업을 선택하지 않았을 것이다. 나의 희망사항이었을수도 있지만, 나의 가치관을 직업영역에서도 실현시키기 위해 무던히 노력했다.

이룬 것도 있고 이루지 못한 것도 분명 있다. 내가 부족한 부분도 있다. 하지만 최소한의 역량이 있고 선한 목적에서, 내가 가진 권한을 행사하기 위해 스스로 되물어 가며 일했다. 성찰하고 반성했다. 최대한 올바르게 일하려고 노력했고, 일할 때 만나는 상대방을 존중했다. 직책의 높낮이, 갑을 관계, 연령을 떠나서 존중했다. 인간적으로 대했다. 모두 잘 살기 위해 하는 일이었다. 국민과 시민, 사회적 약자에게 조금이라도 공익적으로 보탬이 되기위해 일했고, 제도를 개선하기 위한 방안을 찾았다.

모두 내 뜻과 같지는 않았다. 내 뜻과 비슷한 길을 가는 사람도 있었고, 그렇지 않은 사람도 있었다. 세상에는, 내가 속한 직업 세계에는 참 다양한 사람이 있다. 각자 살아남기 위해 일했다. 어쩌면 나도 살아남기 위한 방편으로, 나름대로 나만의 방식을 선택한 것일 수도 있다. 경찰에는 굿캅도 있고 배드캅good cop, bad cop도 있듯이.

한동안은 참는다. 현실과 이상은 항상 다르기 때문에, 현실에 맞게 나를 바꿔야 할 때도 있기 마련이다. 약간의 문제가 있어도 내가 적응하는 것이고, 참는 것도 필요하다. 사회 구조 속에서, 내 마음대로 할 수 있는 게 얼마나 되겠는가.

하지만 임계점이 있다. 임계점을 넘을 때, 표현하지 않으면 마음속이 안 좋아진다. 마음이 다칠 수도 있고, 물리적인 스트레스로 건강을 해칠 수도 있다. 건강을 해칠 정도면, 그 공간에서 빠져나오는 것이 맞다. 물리적인 공간 분리가 필요하다. 비슷한 상담을 해오는 후배에게도 그렇게 조언해 준다.

일하면서 임계점을 넘은 부분도 있지만, 내가 하고 싶은 일도 있었다. 도전해 보고 싶은 일이었다. 스물일곱부터 지금까지 나는 노동소득, 즉 임금으로만 삶을 살아왔다. 임금이 아니면 큰일 날 것처럼 호들갑을 떨었다. 돈을 벌기 위해서 노동력을 팔았고 임금을 받았다. 나름 시간이 갈수록 임금도 올랐다. 엄청나게 많다고는 볼 수 없지만, 도시근로자 가구 평균 임금보다는 좀 더 벌었던 거 같다.

하지만 내가 원하는 내 일을 하고 싶었다. 임금만이 아닌, 임금 외에 다른 소득으로 생활해 보고 싶었다. 내 역량을 확인해 보고 싶었다. 임금 외 소득으로 한동안 살아갈 수 있을지. 살아남을 수 있을지. 새로운 도전이다. 그래서 펜을 들었다. 책을 쓰기 시작했다.

노동은 숭고하다. 이 땅의 모든 직장인, 회사원, 노동자, 일하는 사람은 훌륭하다. 자신을 먹여 살리고 자녀를 키운다. 먹고사는 문제를 해결하고 미래를 꾸려나간다. 하루하루 고군분투한다. 삶의 현장에서 우리는 한 명, 한 명 모두 자랑스러운 존재다.

언제든 임금이 필요할 때가 있다. 부정할 수 없다. 임금 없이 살수 있는 뭇사람은 거의 없다. 나도 노동 없이, 임금 없이 살기 힘들다. 풍족한 자원을 가지지 못한 천형 같은 거다. 하지만 노동을 통한 임금이 아닌, 다른 삶에 도전해 보기로 했다. 스스로 소득을 만드는 일이다. 스스로 역량을 시험해 보는 일이다. 삶의 대안을 만들어 보고 싶었다. 일정 정도 임금으로부터 자유를 기획하고 싶었다. 할 수 있는 만큼 해보고 싶었다.

실패할 수도 있다. 하지만 용기를 냈다. 홀로서기, 이제 다시 시작이다.

돈
—

홀로서기를 하는 건 어렵다. 내가 가진 자원이 부족하기 때문이다. 결국 돈 문제다. 태어날 때부터 부자였다면 걱정이 덜했겠지만, 어떡하랴, 그렇지 못한 것을. 대부분 그렇다. 나는 태어났는데 부모님이 시골의 농부였다.

돈은 무엇일까, 어떻게 벌어야 할까 고민했다. 가진 게 적은 사람이 할 수 있는 건 노동이었다. 직장을 잡는 것, 회사에 들어가는 것, 일을 하는 것, 임금을 받는 것이 노동이다. 노동을 해서 임금을 받고 임금으로 자본주의 사회를 살아내는 것은 위대한 일이다. 결코 쉽지 않다. 소비를 통해 지역경제를 살리고, 회사 성장에 기여해서, 경제를 발전시키는 일원이 되는 것이다. 하지만 힘이 든다.

노동은 아름답다고 하지만, 사실 보면 치열하다. 되도록 안 하고 싶고 쉬고 싶고 내가 하고 싶은 일만 하고 싶다. 남이 시키는 일을 억지로 하고 참아내면서, 일하고 돈을 버는 게 어렵다. 물론, 재밌게 일하고 즐겁게 출퇴근하는 경우도 있다. 분명 있다. 빈도가 적을 뿐. 내가 하고 싶은 일을 하면서 쉬고 싶을 때 쉬고 일하고 싶을 때 일하며, 도시근로자 가구 평균소득 이상의 임금을 받는다면 금상첨화다. 이 정도면 판타지 수준이다.

노동은 신성하지만, 노동의 가치가 감소하고 있는 것도 현실이다. 코로나19 시대를 겪으며 저금리와 유동성 증가로 부동산과 아파트 자산가격이 급등했다. 말도 안 되게 올랐다. 그 기간 최소 2배에서 최대 3배 정도까지 아파트 가격이 올랐다. 4억 하던 아파트가 8억 또는 9억으로 치솟았다. 숫자만 보면, 돈 벌기 쉽다. 아파트를 갖고만 있어도 수억 원을 그냥 버는 게 아닌가.

그래서 아파트 매입 열풍이 불었다. 너도나도 아파트를 샀다. 불안했을 것이고, 돈을 벌고 싶었을 것이다. 직장동료, 친구, 동네 사람, 친구의 친구가 그렇게 돈을 벌었다. 돈 벌었다는 소문은 널리 퍼졌다. 점심 먹고 커피 마시며 누구는 몇억 벌었대, 라는 말이 공기를 타고 떠다녔다. 솔깃하다. 어느 곳 아파트를 샀는데 2배 됐잖아, 10억 됐잖아, 15억 됐잖아. 엄청난 돈들이 넘쳐났다.

사실 1천만 원도 상당히 큰돈이다. 이제는 1천만 원이 지갑 속

작은 돈처럼 여겨졌다. 1억, 2억 정도는 돼야 돈이다.

영끌이라는 말이 유행했다. 영혼까지 끌어서 아파트를 산다는 뜻이다. 4억 주고 산 아파트가 6개월 후에 6억이 된다면, 안 사면 바보 아닌가. 그것도 1년 후에는 8억이 되는데? 안 사면 바보다. 그래서 주택담보대출, 신용대출, 엄마·아빠 대출, 가진 돈 조금이라도, 가용할 수 있는 모든 자원을 활용해 아파트를 산 사람이 많다.

특히, 구매층이 20~30대로 더 내려갔다. 반대로 보면, 몇 년 후에 아파트가 수억 원 오르는 상황에서 지금 안 사면 나는 영원히 집을 살 수 없다. 이건 공포다. 불안감이다. 누구도 거부할 수 없는 당연한 생각이다. 부모도 이 걱정에 자녀에게 아파트를 사줬다.

결과는 잘 모르겠다. 돈을 버는 건 나쁜 일이 아니다. 돈을 많이 벌어야 여유가 생기고 부자도 될 수 있다. 그 돈이 돌면 지역경제도 선순환된다. 물방울이 모여 잔이 넘치고 넘친 물이 밑에 있는 잔으로 흐른다. 경제학의 기본 논리 아닌가.

하지만, 그 돈이 다 어디서 오는 걸까. 한 번 더 생각해 보면, 쉽지 않다. 예상과는 다르게 혹시 아파트 가격이 떨어진다면, 대출을 갚아야 하는데 갚을 돈이 부족하다면, 아파트가 잘 안 팔린다면. 어려움에 처할 수 있다. 잘 버텨나가길 바랄 뿐이다.

나는 수억 원의 빚을 지는 것이 너무 힘들 거 같아서, 아파트를 사지 못했다. 분양 신청도 하지 못했다. 가진 돈 보태서 수억 원의 빚을 지고 아파트를 사야겠다, 마음먹지 않았던 것은 아니다. 특히, 코로나19 시기 급등하는 아파트 가격과 전셋값을 보고 허탈해했고, 불안해했다. 아내와 같이 걱정했던 밤이 기억난다. 우리가 2011년 봄에 결혼했으니까, 그때 샀어야 했어. 우리가 경제관념이 없었어. 현실을 몰랐어. 탄식했다. 그때 샀으면 몇 배 올랐을 텐데, 그때 샀으면 지금처럼 안 불안해했을 텐데, 그때 샀으면 지금처럼 오르기 전에 적은 돈으로 샀을 텐데. 지난 일인 것을, 어쩔 수 없다.

집값이 8억 원이라고 하면, 내가 가진 돈이 8억 원이라면 문제가 없다. 6억 정도 갖고 있고 2억은 대출을 받아 집을 산다면 큰 문제 아니다. 문제는 그만큼 가진 돈이 없다는 것이다. 몇억 빚을 내서 집을 사면, 대출 원리금은 언제 갚지. 무섭다. 혹자는 말한다. 그러니까 돈을 못 벌지. 레버리지를 활용해야지, 갭투자를 해야지. 내 성향상 그런 건 잘 못한다. 돈이 문제로다.

최근까지도 이어지고 있지만, 코로나19 시기 경제적 자유라는 말이 유행했다. 유튜브를 보면, 하던 일을 그만두고 가진 자산을 처분하고 이를 주식 또는 다른 곳에 투자해서, 세계여행을 떠나는 젊은 부부의 영상이 많다. 이른바 '파이어족'이라고 불린다. 찾아보니 파이어는 영어로 FIRE인데, Financial Independence, Retire Early의 줄임말이다. 경제적 자립을 토대로 조기 은퇴 하는 사람들을 가리킨다. 일터에서 조기 은퇴 하고 노동으로부터 자유, 돈으로부터 자유를 얻어 자유롭게 여행을 다니는 사람들. 부럽다. 억지로 일하고 노동하지 않아도 된다. 가고 싶은 곳으로 여행을 가서 놀고 즐긴다. 좋은 일이다.

파이어족의 공통점은 주식투자를 해서 잉여자금을 만든다는 점이다. 월세를 받기도 한다. 또한 아이가 없다. 처분할 자산이 조금은 있다.

파이어족은 어쩌면 용기 있는 사람들이다. 예를 들어, 1억 전세를 빼서 여행을 다니는 사람도 있다. 이것이 그가 보여준 진실의 전체는 아니라고 해도, 1억 정도를 가지고도 잉여자금을 만들어서 하고 싶은 취향을 마음껏 발산하는 삶. 자신의 삶은 자신의 책임이고 자신의 것이다.

하지만 일반적일 수는 없다. 파이어족도 돈이 있어야 한다. 하다못해 한 달에 1백만 원에서 2백만 원 정도의 생활비는 충당할 수 있는 사람들이 할 수 있는 일이다. 그래서 유튜브를 많이 하는 것 같다. 유튜브 조회 수가 수만 회가 되면 수익이 창출된다고 한다. 유튜브도 유행이고 영상 속 파이어족도 유행이다. 경제적 자유도 유행이고.

어쩌면, 욕망이다. 그렇게 되고 싶다는 욕망 말이다. 돈에서 자유롭고 싶다는 젊은 층의 욕구이고 소망이다. 언제까지 박봉에, 야근에, 이상한 상사에, 경직된 조직 문화에, 억지로 참는 삶에 시

달려야 하는가. 여기서 탈출하고 싶다. 생각 안 해본 사람은 없을 것이다. 자유롭고 싶다. 자유로운 삶을 위해 경제적 자유가 필요한 거다. 결국, 또 돌고 돌아 돈이다.

돈은 풀리지 않는 내 삶의 수수께끼다. 돈이 많아 본 적이 없어서, 피해의식일 수도 있다. 부자인 적이 없다. 노동으로 돈을 벌었고 임금이 없으면 살지 못했다. 약간의 저축, 생활, 외식, 여행, 아이 키우기, 전월세 구하기, 돈이 없으면 불가능하다.

어떻게 벌어야 하고 어떻게 유지해야 할지 항상 고민이다. 집도 사야 하고 돈도 모아서 더 여유롭게 살아야 하는데, 가능할까. 불가능할지도 모른다. 나도 벌고 아내도 벌면 좀 실현되지 않을까. 어떨 땐 나만 벌고, 어떨 땐 아내만 벌어도 괜찮지 않을까. 하다 보면 잘 될 수 있지 않을까. 궁즉통이라고, 찾다 보면 찾아지지 않을까. 막연하게 기대하기도 한다.

가진 것 부족한 인류가 수만 년 살아오면서 끝내 달성하지 못한 물음일 것이다. 오늘 지금 여기, 인류 1명에 불과한 나도 이 고민에서 자유롭지 못하다.

돈, 해결할 수 있을까. 돈에서 자유로울 수는 없다. 그래서 돈은 좀 있어야 한다. 현실은 현실이다. 그렇다고 돈만 보고 살지는 않겠다. 이 정도 생각만 가지고 오늘도 살아간다. 돈, 돈.

6.

그럭저럭 내 삶

다시, 어떻게 살 것인가

2013년 서른두 살 때 유시민 작가가 쓴《어떻게 살 것인가》책을 읽었다. 삶과 인생에 대해 고민하던 30대 초반에 읽기 좋은 책이다. 한 사람으로서 어떻게 살아가는 것이 좋은가에 대해, 작가가 겪은 삶과 습득한 지혜를 진솔하게 풀어나가는 내용이었다. 10년이 더 지난 최근에 이 책을 책꽂이에서 다시 찾았다. 책은 깊숙이 들어가 있었다.

마흔 초중반에 다시 읽은《어떻게 살 것인가》는 또 다르게 다가왔다. 40대인 지금, 20대와 30대 때보다는 책이 더 잘 이해됐다. 아직 많은 나이는 아니지만, 일하고 결혼하고 아이를 키우고, 나의 정체성을 만들고 경제적 자립을 위해 삶을 살아온 수많은 시간이 책을 더 잘 이해하게 했을 것이다.

유시민은 책에서 "놀고 일하고 사랑하고 연대하라."고 제안한다. 유시민은 우리 세대와는 분명 다른 삶을 살았다. 서울의 유명 대학을 졸업했고 1980년대 학번으로 전두환 당시 독재 정부에 맞서, 민주화 투쟁을 했고 투옥되기도 했다. 나는 1982년생이다. 80년대 반독재 투쟁과 학생운동에 대해 말로 듣고 책으로 읽었을 뿐이지, 그 시대를 함께 살지는 않았다. 직접 겪어보지 않았기 때문에 잘 모른다. 다만, 유시민은 삶을 먼저 살았던 사람으로서 진솔하게 이야기하고 있다. 놀아라, 일하라, 사랑하라, 연대하라.

앞에 3개는 어쩌면 당연한 일이고, 마지막 1개는 공감이 되는 사람도 있고 안 되는 사람도 있을 것이다. 놀고, 일하고, 사랑하라. 어쩌면 당연한 말이다. 하지만 당연하고 평범한 게 가장 어렵다는 말도 있고, 실제로 평범하게 사는 것이 가장 어려운 요즘 시대다.

놀려면 사회적 관계가 풍성해야 한다. 친구, 가족, 동료, 선후배 등 살아오면서 자연스럽게 만나는 다양한 인간관계, 사회적 관계망이 두꺼워야 사람들과 재밌게 놀 수 있다. 물론 혼자 놀 수도 있다. 휴대전화를 갖고 놀고 유튜브를 볼 수도 있다. 화면으로 게임을 즐기고 스포츠를 보면서 방에 틀어박혀 노는 게 대세가 됐을 정도다. 코로나19 감염병이 사회문화를 많이 바꿨다.

야근은 많이 줄었고 회식도 거의 없어졌다. 밖에서 저녁 먹고

술 마시는 것보다, 집에서 간단한 음식을 주문해 먹거나, 술을 편의점에서 사서 마시는 풍속이 늘어나고 있다. 혼자 놀거나, 가족들과 시간을 보내는 것은 나쁜 일이 아니다. 나와 가족, 가정 중심으로 놀이와 여가 문화가 바뀌는 추세이기도 하다. 하지만, 반대급부로 식당이나 술집, 자영업자들은 매출이 안 올라 힘겨워하고 있다. 여가 문화가 변하고 있다.

자발적으로 혼자 놀기, 가족들과 집에서 노는 것이 무슨 문제일까. 아무 문제 없고 취향대로 노는 방식이다. 하지만 놀고 싶어도 놀지 못하는 경우가 많다. 모든 사람이 그러한 경향이 있지만, 특히 젊은 세대의 경우에도 사회적 관계망이 좁고, 이른바 좋은 직장을 갖지 못하고, 돈이 없으면 친구들이나 타인을 만나길 꺼린다.

그래서 최근에 일본에서처럼 은둔형 외톨이가 되는 사람이 증가하고 있다. 경제적, 비경제적, 심리적 이유로 외부 활동을 줄이다가 급기야 방 밖으로 안 나오는 것이다. 이런 면에서 노는 것도 힘들다. 노는 것도 힘들어하는 사람이 점점 늘어나고 있다는 것을 전제로 하더라도, 노는 것은 매우 중요하다.

놀아야 창의성이 생긴다. 여유가 생겨야 새로운 것을 시도해 볼 수 있다. 내가 하고 싶은 것, 새로운 것, 창의적인 것은 여유에서 비롯된다. 놀아야 창의적일 수 있다. 놀아야 새로운 미래와 대안적 삶을 구성해 나갈 수 있다. 놀아야, 그러한 힘을 비축할 수 있다. 놀아야, 치열한 삶에 빈틈을 만들 수 있다. 잘 놀기 위해서는 경제적 여유가 뒷받침돼야 한다. 놀기 위해, 개인적으로 경제적 여유가 있을 때 일부 비용을 비축해 둬야 한다.

다만, 경제적 여유를 가진 사람이 많을 수는 없다. 그래서 하나의 방법론으로서 완벽한 수준의 기본소득은 아닐지라도, 낮은 수위의 기본소득 정책을 공공에서 수립, 시행할 필요가 있다. 기본소득은 전체 세대 중, 특히 2030 젊은 층에게 여유 시간을 보장해서, 창의적인 일을 계획할 수 있는 시간과 기회, 권리를 제공해 줄 수 있다.

일하는 것도 중요하다. 놀기는 일정 기간 필요하지만, 놀기가 장기간 길어지면 따분하다. 경제적인 부담도 커지고, 자존감도 낮아진다. 돈을 벌기 위해 그리고 경제적 여유를 획득하기 위해 일한다.

단순히 돈 벌기를 넘어 자아실현의 한 방법으로 일한다. 일을 통해 나의 역량과 능력, 경력을 늘리고 이를 기반으로 자아실현을 할 수 있다. 회사와 직장, 소속된 조직 내에서 인정을 받는 것도 중요하다. 사람은 인정을 받으면 사회적 자부심이 높아지고, 자신감도 늘어난다. 이는 물질적 자본 이외에, 내가 가진 비물질적 상징 자본이 된다. 인정욕구에 심하게 빠지지만 않으면 된다. 일을 하면 임금이 나오고, 부족하나마 임금을 모으면 나를 위한 물질적 자본을 축적할 수 있다.

일하고 돈 벌고 자아실현도 하면서, 내가 하고 싶은 것도 하면 금상첨화다. 일은 노동력을 제공해 주고 그 대가로 임금을 받는 것이다. 노동은 자본주의 사회를 구성하는 핵심적인 구성요소다. 전통적으로 계급은 사용자와 노동자로 구분된다. 쉽게 말해 사용자는 자본가 계급으로 부르주아고, 노동자는 노동력을 제공해 임금을 받아 살아가는 프롤레타리아다. 현대 사회에서는 산업이 복잡해지면서 다양한 계급, 계층이 생겨났고, 단순히 두 계급으로 사회구성을 설명하기 어렵게 됐다. 하지만 부르주아와 프롤레타리아는 자본주의 사회의 계급으로 여전히 존재하고, 개념적 틀을 제공한다.

우리는 대부분 임금 노동자로서 살아간다. 아니 살아갈 수밖에 없다. 부모로부터 물려받은 자산이 많이 없거나, 투자에 성공하거나 자수성가해서 스스로 큰돈을 버는 것은 현실적으로 어려운 일이기 때문이다. 실패에 대한 지원 체계도 부족하기 때문에, 임금이 가장 안정적이고 현실적인 소득이다. 이 같은 현실에서 일은 하기 싫어도 해야 하는 것, 돈을 벌기 위한 수단이 된다.

'워라밸'이라고 불리는 일과 삶의 균형도 중요한 개념이다. 일과 삶의 균형은 사전적으로는 일을 하면서도 소진되지 않고 자신의 삶과 직장에서의 생활을 지속 가능하게 영위해야 한다는 개념이지만, 현실적으로 이뤄지긴 어렵다. 그래서 인위적으로 일과 삶 자체를 구분하는 경향도 많이 늘어나고 있다. 그렇지 않으면 일과 일상이 뒤섞여 스트레스를 받기 때문이다. 어쩔 수 없는 측면이 있다. 일은 일이고, 내 삶은 내 삶이다.

돈 버는 일을 하면서도 내가 하고 싶은 일을 하는 것, 적성에 맞으면서도 적지 않은 임금으로 보상받는 일을 하는 것은 어쩌면 현실에서는 실현 불가능할지도 모른다. 하지만 지속적으로 찾아나가야 하고, 찾아나가고 싶다.

소위 말해서, 해야 하는 일과 하고 싶은 일 사이의 균형을 찾아가는 것이 한평생 나의 목표다. 아직은 완전히 실현시키지 못했지만, 목표의 한 50% 정도는 실현시키고 있는 과정에 있다. 한 번 더 강조하지만, 이를 위해서 사회적, 공공적으로 국민을 경제적 부담으로부터 작은 부분이나마 해방시켜 줘야 한다. 시민 개인의 행복한 삶을 위해서.

세 번째는 사랑이다. 사랑은 개인적인 것일 수도 있고 사회적인 것일 수도 있다. 일반적으로 사랑은 개인이 타인과 관계 맺는 사랑을 말한다.

사랑은 개인적인 관계이지만, 매우 중요한 사회적 행위다. 사랑은 개인과 개인의 유대관계를 기반으로 한다. 사랑은 숭고하다. 대중이 시청하는 드라마와 영화, 웹소설, 연극, 뮤지컬 같은 픽션의 주요 주제가 사랑이다. 사랑은 본능적이고, 원초적이다. 생물

학적으로 사람의 기본적인 욕구의 발현이다. 사랑은 사람의 성장 과정에서 기본적인 사고 활동 중 하나다. 그래서 사랑은 자연스러운 것이다.

유아기 또는 청소년기에는 가족 간 유대관계, 친구 간 또래문화가 지배적이다. 후기 청소년을 지나 성인으로 성장하면서, 사회적 관계로 타인과의 사랑이 추가된다. 전혀 몰랐던 이와 사랑에 빠진다. 사랑은 무조건적이다. 사랑은 모든 것을 내줄 수 있을 것 같은 기분이다.

정신적인 사랑에서 시작하지만 육체적 관계로 이어진다. 사실 정신적인 사랑과 육체적인 사랑은 구분하기 어렵다. 성인으로서 책임지는 자세를 갖고 서로를 열렬히 사랑하고, 결혼하기도 한다. 물론 사랑을 하다가 맞지 않으면 헤어지기도 한다. 여러 번 사랑을 해도 전혀 문제 될 게 없다. 결혼하고 이혼하는 것도 자연스럽다. 누구든 사랑은 자유다.

타인과의 사랑은 사람과 세상을 좀 더 넓게 보는 시야를 제공한다. 타인과의 사랑은 다양한 의미를 내포한다. 유전자를 공유하고 있지 않은 사람을 좋아한다는 것은, 타인과의 사회적 유대관계를 형성한다는 뜻이다. 개인적인 관계이지만, 유전자를 공유하고 있지 않은 사람을 배려한다는 의미다. 물론 친구 관계도 유전자를 공유하고 있지 않은 관계이지만, 친구 관계는 어렸을 때

동일한 지역 내에서 친소관계가 형성된다는 면에서, 타 지역 타인과의 사랑과는 다른 차원의 이야기다.

개인 간 사랑은 사회적 연대의 근간이다. 타인을 사랑하는 것은, 사회적 연대감의 원초적인 감정이다. 타인을 사랑할 줄 아는 사람이, 공동체와 집단도 배려할 수 있다. 사랑을 했으니 당연하게 사회도 사랑하고 사회에 헌신하라는 말이 아니다. 공동체의 감정적 근간이 되는 것이 개인 간의 사랑이라는 것이다. '내 가족처럼, 내가 사랑하는 사람처럼, 타인을 대하라.'는 도덕률에 이의를 제기할 사람은 없다.

하지만, 사랑도 쉽지 않은 게 현실이다. 사랑도 돈이 있어야 한다. 사랑의 사회적, 법적 계약이 결혼이라고 한다면, 더 그렇다. 사람들은 그냥 사랑하지 않는다. 여러 면에서 조건을 본다. 가진 돈, 자산, 직업, 가족 배경, 출신학교 등 다양한 현실적인 조건을 따진다. 결혼도 마찬가지다. 집이 있는지 없는지, 돈이 많은지 적은지, 직업은 좋은지 안 좋은지, 가족은 어떠한지, 성격은 좋은지 등등 따질 게 많다. 따지지 않고 사랑하고 결혼했을 때, 삶의 위험 부담이 크기 때문이기도 하다. 잘 따져봐야 한다.

사랑하고 결혼할 자유를 달라는 것이다. 특히 물질적, 비물질적 기반이 약한 사람들에게 사랑하고 결혼할 권리를 허하라는 것이다. 사랑하고 결혼하기 힘들기 때문에, 여러 사회적 부작용이 발생하고 있다. 인구가 줄어들고, 경제성장률도 낮아진다. 사랑과 결혼이 의무는 아니지만, 이걸 원하는 사람조차 하지 못하는 게 현실이다. 유무형의 사회적 손해가 크다. 사랑도 돈이 든다. 이 비용을 오로지 개인 부담으로 머물게 하지 말아야 한다.

연대는 앞서서 말한 놀고, 일하고, 사랑하라는 제안보다 훨씬 더 차원이 높은 철학적, 정치적 논의가 필요하다. 사회에서 연대는 필수다, 그러니 같이 만들어 보자 정도로 이해하면 될 거 같다.

연대는 형제애를 말하는데, 1789년 프랑스대혁명에서 강조된 덕목 중 하나다. 프랑스 국기는 삼색기인데 파란색, 흰색, 빨간색이다. 세 가지 색깔이 프랑스대혁명의 상징이다. 파란색은 자유, 흰색은 평등, 빨간색은 형제애를 상징한다. 형제애가 바로 연대다.

연대는 유전자를 공유하고 있지 않은 타인과 생각을 공유하는 것이다. 동료를 연민하는 행위다. 개인의 집합체인 사회 공동체를 위해 가진 것의 일부를 내어놓는 배려다. 사회경제적 약자에 대해 연민하고 공감하는 일이다. 이 지점에서 진보좌파와 보수우파가 나뉜다. 여러 해석이 있겠지만, 쉽게 풀어보면 연대를 강조하면 진보적이 되고, 반대로 각자의 자유와 개인의 능력을 강조하면 보수적이 된다. 진보와 보수는 그 자체로 옳고 그름을 말하는 게 아니다. 말 그대로, 사회를 어떻게 인식하고 있는가에 대한 차이이다.

연대는 각자의 삶을 각자가 가진 대로 방치하는 게 아니라, 타인과 약자에 대해 공감하고 연민하자는 주문이다. 본인이 가진 것에 좀 여유가 있다면, 이것을 타인과 나누어 가질 수 있는 용기를 가져보자는 제안이다.

놀고 일하고 사랑하고 연대하기 위해서는 무엇보다 내가 가장 중요하다. 내가 나의 선택으로 나의 삶을 살아가는 것. 놀고 일하고 사랑하고 연대하기 이전에, 나 자신을 바로 알고, 바로 세우고, 내가 진정 원하는 삶을 바로 사는 것이 먼저다.

> "무엇이 되든, 무엇을 이루든, '자기 결정권' 또는 '자유의지'를 적극적으로 행사해 기쁨과 자부심을 느끼는 인생을 살아야 훌륭하다고 할 수 있다. 나는 그렇게 믿는다."
>
> – 유시민,《어떻게 살 것인가》, 아포리아, 2013년, 37쪽

나를 보는 철학

나를 어떻게 바라볼 것인가

살아가다 보면 자주 나를 잊는다. 당장 출퇴근하고 일하고 돈 벌고 놀고 고민하고 미래를 걱정하고, 다른 사람 눈치를 보고 다른 사람 SNS를 보다 보면 진짜 나는 누구일까, 진짜 내가 원하는 삶은 무엇일까 생각할 틈이 없다. 당연한 일이다. 세상 속에서 힘없는 개인은 앞만 보면서 살 수밖에 없고, 살아야 하니 살아가게 된다.

삶을 살아가는 주체는 바로 나다. 내가 있어야 타인이 있고, 내가 있어야 사회가 있다. 내가 누구인지, 내 마음은 어떠한지, 내가 무엇을 바라고 원하는지 곰곰이 생각하고 따져본 적이 있는가.

많이 없다. 그럴 기회도 적었다. 세상에서 가장 중요한 존재는 두 말할 필요 없이 나다.

석지현 작가가 번역한 《숫타니파타》 중에 오롯이 내가 나를 생각해 볼 수 있는 구절이 있다. 〈처음의 장(뱀의 장)〉의 세 번째 절 "저 광야를 가고 있는 코뿔소의 외뿔처럼"이다. 시중에서는 "무소의 뿔처럼 혼자서 가라."라는 문장으로 유명하지만, 실제로 전체 시구를 다 읽어본 경우는 많지 않을 것이다. 나도 최근에서야 전체 시구를 읽었다.

'숫타니파타'는 산문이 아니라 운문이다. 시와 같다. 석가모니가 직접 한 말이고 고전이다. 그래서 읽기에도 좋고, 울림도 크다.

'숫타니파타'는 석가모니의 경전 중에서 한·중·일 동북아시아 쪽으로 전승된 경전이 아니라, 스리랑카를 통해 미얀마, 태국, 캄보디아 동남아시아로 전승된 경전에 속해 있는 작은 경전이다.

석가모니는 기원전 560~480년경에 인도에서 활동했다. 팔리어로 설법한 석가모니의 말씀이 사후에 정리돼 암송되다가, 글로 쓰여졌고 이게 "팔리어 대장경"이다.

자료를 찾아보면, 석가모니는 지금으로부터 약 2,500년 전 활동 당시에 인도어 중에서 상류계층이 사용했던 산스크리트어가 아니라, 평민계층이 주로 사용했던 팔리어로 설법했다고 한다. 석가모니는 그 옛날부터 위를 바라보는 게 아니라, 아래로 따뜻

한 시선을 갖고 소통했다.

"팔리어 대장경"은 '율장', '경장 5부(니까야)', '논장 7론'으로 구분되는데, '숫타니파타'는 '경장 5부' 중 '소부'에 속해 있다. '니까야'와 거의 동일하게 산스크리트어로 쓰여진 석가모니의 말씀이 한문으로 번역돼 동북아시아로 전승된 경전이 '아함경'이다. 그래서 '니까야'와 '아함경'은 내용이 거의 같다고 한다. 석가모니 경전은 양도 많고 분류도 복잡하다. 다 알지는 못하고 궁금할 때마다 찾아보고 있다.

석지현의 《숫타니파타》 중에서 "저 광야를 가고 있는 코뿔소의 외뿔처럼"의 주요한 문단만 발췌해서 소개해 보고자 한다.

⟨저 광야를 가고 있는 코뿔소의 외뿔처럼⟩ 중 발췌

23.
사귐이 깊어지면 애정이 싹트고
사랑이 있으면 거기 고통의 그림자가 따르나니
사랑으로부터 불행이 시작되는 것을 깊이 관찰하고
저 광야를 가고 있는 코뿔소의 외뿔처럼 혼자 가라.

27.
동료들 속에 있으면

앉을 때나 설 때나 걸을 때나 여행할 때조차

항상 지나치게 간섭을 받게 된다.

그러나 욕망으로부터 벗어나

그 자신의 뜻을 따라

저 광야를 가고 있는 코뿔소의 외뿔처럼 혼자 가라.

36.

감각적인 기쁨이란 실로 다양하며

감미롭고 매혹적이다.

그러나 이 기쁨은 우리의 마음을 어지럽게 하나니

욕망의 대상에는 이런 불행이 있음을 잘 관찰하고

저 광야를 가고 있는 코뿔소의 외뿔처럼 혼자 가라.

41.

'저 논쟁의 차원인 철학적 견해를 극복하고

나는 깨달음에 이를 수 있다는 확신을 얻었다.

나는 지혜를 얻었다.

다시는 누구에게도 끌려가지 않을 것이다.'

수행자는 이렇게 그 자신을 다지면서

저 광야를 가고 있는 코뿔소의 외뿔처럼 혼자 가라.

48.

눈은 언제나 밑을 보며

조금도 곁눈질하지 말고

이 모든 감각의 문을 굳게 지켜야 한다.

마음을 잘 보호하여

번뇌의 흙탕물을 일게 하지 말 것이며

욕망의 불이 더 이상 타오르지 못하게

저 광야를 가고 있는 코뿔소의 외뿔처럼 혼자 가라.

51.

쾌락과 고통을 버려라.

기쁨도 근심도 버려라.

그리고 맑고 편안하고 순수한 마음만으로

저 광야를 가고 있는 코뿔소의 외뿔처럼 혼자 가라.

57.

사랑과 연민, 기쁨과 평정과 해탈을

때때로 익히고

이 세상을 아주 등지는 일도 없이

저 광야를 가고 있는 코뿔소의 외뿔처럼 혼자 가라.

– 석지현 옮김, 《숫타니파타》, 민족사, 2016년, 22~36쪽 중

석지현은 우리가 익히 알고 있는 "무소의 뿔처럼 혼자서 가라."라는 부분을 "코뿔소의 외뿔처럼 혼자 가라."로 번역했다. 무소는 코뿔소다. 무소라는 말은 잘 쓰지 않고, 코뿔소가 더 많이 쓰이고 익숙하다. 우리가 익히 아는 코뿔소는 아프리카에 사는 코뿔소인데 뿔이 2개다. 인도의 코뿔소는 뿔이 1개라고 한다.

그러니 명확하다. 코뿔소의 외뿔처럼 혼자 가라. 그것도 저 광야를 가고 있는 코뿔소의 외뿔처럼 혼자 가라. 코뿔소의 뿔은 1개다. 2개가 아니다. 나도 혼자인 것처럼, 코뿔소의 뿔도 외뿔이다. 하나뿐이다.

광야는 살아가는 이곳이다. 나무나 키 큰 풀이 거의 없는 지구 표면이다. 숨을 곳이 없다는 것이다. 그 광야에 코뿔소가 있고 뿔은 하나다. 숨을 곳 없는 넓은 땅에 코뿔소의 뿔이 혼자 가고 있다. 상상해보라. 외롭다.

하지만,《숫타니파타》의 이 구절은 단순히 외롭다는 부정적 언어가 아니다. 광야와 코뿔소, 외뿔은 모두 상징이다. 우리나라 사회에만 5천만 명, 지구에는 수억 명의 사람이 함께 살고 있고, 근처만 봐도 가족, 부모, 형제자매, 친구, 그 외 동료와 모르는 여러 사람이 있다. 하지만 삶은 오직 내가 살아가는 것이다. 아무리 가깝고 먼 곳에 사람이 있고 그 속에 관계가 얽혀 있다고 하더라도, 삶은 내가 중심이 되어 살아가야 한다는 것이다. 어쩌면 우리가 수많은 사람과 관계 속에서 살아가면서, 미처 인식하지 못한 사실을 알려주고 있다.

　사람의 사회 속이 광야다. 광야는 사회환경과 자연환경을 모두 포함하는 상징이라고 생각한다. 더 넓게는 역사일 수도 있고 나의 인식체계일 수도 있다. 광야는 넓고 다양한 체계를 가리키는 것 같다. 이 광야에 나라는 자아가 있다. 아니 내던져져 있다.

　나는 내가 태어나는 것을 선택하지 않았다. 선택하지 못했다. 그냥 태어났다. 부모도 내가 태어날 줄 몰랐다. 수많은 유전자가 경합을 벌였고 수조 분의 1의 확률로 내가 태어났다. 누구의 결정과 선택도 아니다. 우연이었다. 하지만 우연이 필연이 됐다. 내가 만들어졌다. 내가 광야로 내던져졌고, 나의 자아는 구성됐다.

　광야에 태어난 나는 광야에서 살아가야 한다. 갓난아기가 살아남기 위해서는 완벽히 의존적일 수밖에 없다. 엄마의 젖을 먹어야 하고, 부모의 보살핌을 받아야 한다. 경제적, 비경제적 지원이 없으면 나약하고 어린 호모 사피엔스는 살아남을 수 없다. 죽는다. 그렇게 나는 살아남았다.

　그 광야를 코뿔소의 외뿔처럼 혼자 가라는 것이다. 표면적으로 보면 이기적이고 외롭게 가라는 것으로 읽을 수 있는데, 그건 아니다. 삶에서 나를 오롯이 세우라는 말이다. 의존하지 말고 누구를 위해 사는 것도 아니고, 내가 누구인지, 내가 원하는 게 무엇인지, 나의 내적 갈등과 나의 마음은 어떤 것인지, 내가 외부의 자극을 어떻게 받아들여야 하는지 곰곰이 생각해 보라는 말이다. 이것에서부터 홀로서기는 출발한다. 오직 나만이 나를 알고 깨달을 수 있다. 그것에서부터 자존감은 시작한다. 남이 아닌 나만이 나를 알 수 있다. 이것이 진정한 자립이다.

인용한 문구를 다시 읽어본다. 몇 번을 읽어도 다시 읽게 되고, 행간의 의미를 다시 생각해 보게 된다. 간명하면서도 되씹게 되는 시구다.

관계 속에서 동료를 사귀고 연인을 사랑하는 것은 좋지만, 인연 그 자체에 속박되지 말아야 한다. 내가 나를 진짜 사랑한 이후에, 타인을 사랑할 수 있다. 그렇게 하는 게 지속 가능하다. 타인의 욕망이 아닌, 나 자신의 뜻에 따르는 것이 먼저다. 나의 진짜 욕망을 알고 나서야, 타인이 욕망하는 것을 받아들일 수 있는 것 아닐까.

스스로 나를 사랑하는 마음의 훈련을 할 때, 오히려 세상에 분노하지 않고 세상을 등지지도 않으며 현명한 현실감각을 잘 유지할 수 있게 된다.

다시 음미해 본다. 저 광야를 가고 있는 코뿔소의 외뿔처럼 혼자 가라.

개그의 소재도 되어 더 재밌게 다가오는 "천상천하 유아독존唯我獨尊"이라는 문구도 한번 생각해 보면 좋다. 석가모니가 태어나

자마자 사방으로 일곱 걸음을 걸은 뒤 오른손은 하늘로, 왼손은 땅을 가리키면서 읊었다고 하는 글귀다. 신화 같은 이야기이지만, 그만큼 석가모니의 가르침 중 중요한 말이라고 읽는다.

태어났을 때 한 말이 이거라면, 마지막 말은 무엇일까. 참고로, 석가모니의 마지막 말씀은 "제행무상"이라고 한다.

> "세존께서 비구들에게 분부하셨습니다.
> '자! 비구들이여, 내가 이제 그대들에게 이르겠소. 제행은 쇠멸하는 법이니, 방일하지 말고 정진하시오.'
> 이것이 여래의 마지막 말씀입니다."

– 이중표 역해,《정선 디가 니까야》, 불광출판사, 2019년, 354쪽

※ 비구는 수행자를 뜻한다.

"천상천하 유아독존"을 말 그대로 풀이하면, 하늘 위와 하늘 아래 오직 나만이 홀로 존귀하다는 뜻이다. 언뜻 보면 이기적으로 받아들여진다. 나는 "천상천하 유아독존"이라는 번역보다는 "천상천하 유아자존"이라는 말이 이 글귀의 의미를 더 잘 표현하는 것이라고 생각한다.

하늘 아래 사람 사는 곳에서나 하늘 위 형이상학적인 세계에서나, 그 무엇보다 나 또는 나의 마음이 스스로 존귀하다는 뜻이다. 같은 말이지만 우리말로 잘 풀어서 써야 이해하기 좀 더 편하다.

'홀로 독獨' 자라는 글자에 오해의 소지가 있기 때문이다.

살아가는 사회에서 나와 나의 마음은 너무나 소중하고 존중받아 마땅하다. 현실은 그렇지 못하지만, 실제로 나와 나의 마음이 가장 중요하다. 나보다 더 소중한 건 없다. 내가 소중해야만 타인, 공동체, 사회도 존귀하게 된다.

그래서 오직 내가 스스로 서야 한다. 물리적으로 스스로 선다는 의미보다는, 나의 마음과 나의 자존감이 오롯이 서 있어야 한다는 것으로 읽는다. 어떤 경우에도 나의 자존감이 제대로 인식될 수 있어야 한다. 그러려면 마음에 대한 탐구와 마음을 인식하는 훈련이 조금은 필요하다. 각자의 방식으로.

내가 나를 알고, 내가 내 마음의 상태를 알고, 나만의 자존감, 나만의 정체성을 가질 때 내가 행복할 수 있다. 이런 면에서 "저 광야를 가고 있는 코뿔소의 외뿔처럼 혼자 가라."와 "천상천하 유아자존"은 의미가 서로 맞닿아 있다.

나의 해석에 대해 다른 오해는 없기 바란다. 내 해석은 학술적인 것도 아니고, 나는 관련한 전문적인 학자도 아니다. 다만, 내가 읽은 글귀에 대한 자유로운 해석일 뿐이다.

주어진 사회환경을 어떻게 바라볼 것인가

태어나는 것을 내가 선택하지 않았지만, 나는 나의 선택으로 세상을 살아가야 한다. 큰 딜레마다. 이 딜레마가 근본적인 철학적 물음이다. 소위, 내던져진 세상에서 나는 어떻게 살아갈 것인가. 정답 없는 물음이지만, 해답을 찾아나가야 한다. 정답이 없는 해답을 찾아가는 과정이 삶인 듯싶다.

세상은 태초부터 존재해 왔다. 나는 미물이다. 세상과 사회는 구조다. 한 개인이 구조를 깰 수 없다. 구조는 시스템이고 문화로 이루어졌기 때문에, 개인이 바꾸기는 매우 힘들다. 바뀐다고 해도 서서히 느릿느릿 바뀐다.

나의 입장에서 봤을 때, 그래서 중요한 것이 세상과 문화, 사회 구조를 어떻게 바라보고, 어떻게 받아들일 것인가이다. 내가 있고 세상이 있다. 세상은 무수히 많은 것을 내가 원하지 않는 방식으로 나에게 강요한다. 강요는 직접적일 때도 있고, 간접적으로 은근할 때도 있다. 이를 어떻게 할 것인가.

사람은 다섯 가지 감각기관이 있다. 신체에 있는 오감으로 환경을 인식한다. 눈, 귀, 코, 혀, 몸이다. 한자로는 안이비설신眼耳鼻舌身이다. 보고, 듣고, 맡고, 맛보고, 닿는 신체기관이다. 사람뿐 아니라 동물이 모두 똑같다. 이 감각기관으로 외부와 소통한다.

감각기관은 육체적인 것이지만, 이 육체의 일부 기관이 받아들인 신호는 신경계와 뇌를 통해 느끼게 된다. 다섯 가지 감각기관은 신경을 통해 정신적인 작용으로 변형되는데 색성향미촉色聲香味觸, 오감이다.

눈은 본다. 귀는 듣는다. 코는 냄새 맡는다. 혀는 맛본다. 몸은 닿는다.

사실 이를 굳이 설명할 필요조차 없다. 상식이다. 감각기관을 통해 신호를 느끼는 것. 사람이라면 누구나 일상적인 것이다. 장애인은 비장애인과는 달리 감각기관의 개수가 일부 적을 수는 있다.

신체에 감각기관이 있고 그 기관이 외부와 소통해서 오감을 느끼는 작용을 철학적으로 한번 고찰해 볼 필요가 있다. 내가 주변을 어떻게 받아들이고 느끼는가의 문제 말이다. 이것이 중요한 이유는, 내가 세상 속에 있고 세상은 유·무언의 신호를 끊임없이 나에게 주고 있기 때문이다. 긍정적인 신호일 수도 있고, 때로는 부정적인 신호일 수도 있다. 긍정과 부정이 혼재된 경우도 많다.

내가 세상을 바꿀 수는 없다. 다만, 세상 속에서 내가 마음먹기에 따라 세상이 주는 신호와 압박을 달리 느끼고 생각할 수 있다. 모든 게 마음먹기에 달려 있다는 일체유심조라는 말을 나는 이렇게 해석한다.

어떤 광경이 있다. 색깔도 예쁘고 만듦새도 잘 만들어져서 비싼 물건이 있다고 해보자. 너무 좋고 예쁜 물건이어서 많은 사람이 갖길 원한다. 그래서 비싸다. 희소성이 있고 특별하다. 갖고 싶은가? 갖고 싶어 할 것이다. 일반적으로, 유명한 명품이 이러한 방식으로 생산되고 소비된다. 명품을 구입하고 소유하는 맥락은 분명 있다. 갖고 싶은 사람은 가져도 좋고, 가지는 것이 나쁜 일도 아니다. 취향이고 구매력의 문제다.

다만, 한번 살펴보자는 것이다. 좋은 물건을 보고, 갖고 싶다고 생각하는 것은 왜일까. 나는 그 물건이 왜 갖고 싶은 걸까. 왜 갖고 싶다고 느끼는 걸까. 저 물건은 왜 예쁘게 보일까. 왜 좋다고 느끼는 걸까. 왜 내 마음은 저 물건을 갖고 싶다고 느끼는 걸까. 무엇이 물건을 사고 싶다고 내 욕망을 일으키는 것일까. 몇 번 스스로 질문을 해보면 해답을 찬찬히 찾아나갈 수 있다.

많은 이유가 있을 것이다. 이유를 외부에서 찾아보면, 남들이 다 좋다고 말하니까. 비싸니까. 몇 개 없으니까. 비싼 게 비싼 값을 하니까. 유명 외국 회사에서 만든 거니까. 말 그대로 명품이니까. 다시 비싼 값에 되팔 수 있으니까. 디자인이 예쁘니까. 희소성이 있으니까. 유명한 백화점에서 파는 거니까. 화려한 광고를 하니까. 유명 연예인이 갖고 다니니까.

이유를 내면에서 찾아보면, 예전의 결핍에 대해 보상받고 싶어서. 비싼 거 갖고 싶어서. 품격있게 보이고 싶어서. 남들에게 잘 보이고 싶어서. 남들도 다 갖고 다녀서. 무시당하기 싫어서. 비싼 물건 갖고 있으면 남들이 무시 안 할 거 같아서. 자랑하고 싶어서. 내 만족감이 커서. 명품 사 모으는 게 재밌어서. 배우자나 연인에게 선물하고 싶어서.

다시 한번 스스로에게 질문해 보자. 진짜 왜 그 물건이 갖고 싶은가. 스스로 갖고 싶다는 결과적인 마음에 앞서서, 이유는 대부분 외부인, 타인, 세상, 사회, 환경에서 온 게 많다. 내가 진짜 원해서 갖고 싶다기보다는, 타인에게 어떻게 보여지는가가 중요하다. 들고 다니는 명품이라면 더 그렇다. 사치재의 특성이기도 하다.

소비하지 말라는 말이 아니다. 소비해도 무방하다. 다만, 내가 왜 물건을 구입하고 싶어 하는지, 자신의 마음을 한번 들여다보면 좋겠다는 것이다. 자신이 자신의 마음을 제3자의 입장에서 관조해 보면, 내가 왜 이런 마음이 드는지 조금이나마 알아차릴 수 있다.

내 마음의 이유를 파악하는 일이 왜 중요하냐면, 외부의 요인에 내가 끌려다니지 않을 수 있기 때문이다. 남들 때문에, 사회가 그래서, 다들 하니까. 이러한 이유에서 벗어날 수 있다. 내가 정말 원하는 것을 제대로 욕망할 수 있다. 남들의 시선에 속박당하지 않을 수 있다.

그래서 감각기관과 오감을 적절히 조절해야 한다. 눈으로 형색을 본다. 예쁘고 매력적이고 사랑스럽고 즐거운 것을 느낀다. 그

걸 갖고 싶다. 하지만 감각기관으로 느끼는 욕망이 내가 진짜 원하는 욕망인지 마음을 들여다보면, 진짜 원하는 게 아닐 수 있음을 알아차릴 수 있다. 내가 원해서 욕망을 느끼는 게 아니고, 예를 들면, 아, 타인에게 과시하고 싶어서 이걸 사고 싶어 하는구나, 라고 느낀다면, 그 물건을 구입하는 게 허망하다고 생각할 수 있다. 별거 아니라고 인식할 수 있다.

내가 그 느낌을 왜 가지게 됐는지도 자문해 볼 필요가 있다. 타인에게 과시하고 싶다는 이유를 찾았다면, 왜 그렇게 생각하게 됐는지 나와 내가 대화해 봐야 한다. 어렸을 때 잘살지 못했는지. 다른 이유로 멸시를 당한 적이 있는지. 부유하지 못해 물건을 소유하고 싶었던 욕망이 억제되지는 않았는지. 유·무형의 자원이 부족해 타인에 대해 의기소침한 면은 없는지. 자존감이 낮아 남의 시선을 많이 의식하는 마음은 없는지. 예시로 생각해 보면 그렇다는 말이다.

어렸을 때 살아왔던 환경이나 자의식을 한번 반추해 보고, 현재 내가 가진 마음의 이유에 대해 자문자답해 보면 마음의 원류를 추측해 볼 수 있다.

다섯 가지 감각기관과 오감을 조절하면, 쓸데없이 외부로부터 강요된 욕망에서 나름 자유로워질 수 있다. 완벽하게 할 수는 없지만, 다섯 가지 감각적 욕망으로부터 떨어져서 보게 되면, 그제

서야 진짜 내가 원하는 욕망에 다가갈 수 있다.

타인을 바라보는 시각도 마찬가지다. 가족, 학교, 회사, 사회활동 등 다양한 관계망 속에서 나는 오늘도 살아간다. 좋은 사람도 있고, 이상하고 나쁜 사람도 있다. 좋은 환경도, 나쁜 환경도 있다. 말을 막 하고 배려 없이 행동하거나, 심지어 남에게 해를 끼치는 사람도 너무 많다. 사회는 또 어떠한가. 약육강식의 사회이고 약자는 배려하지 않는 험난한 사회다. 모진 세상이다. 잘사는 사람은 더 잘살고, 못사는 사람은 더 못산다. 그렇다고 잘 바뀌지도 않는다. 어떨 땐 절망스럽다.

감각기관과 오감이 느끼는 것을 절제할 수 있고 왜 그렇게 느끼는지 나름 해석을 할 수 있다면, 이상한 사람이 보내는 신호 또는 사회가 강요하는 신호의 본질을 파악할 수 있다.

나쁜 말을 하는 사람이 있다면, 그 말을 일단 담아둘 필요가 없다. 오히려 반대로 그 사람이 안타까울 뿐이다. 저 사람은 왜 저렇게 심한 말을 할까. 안 그래도 되는데, 마음의 문제가 있다고 생각할 수밖에 없다. 이런 생각에 닿을 때, 나에게 오는 타격감은 적다. 나의 문제가 아니라 그 사람의 문제이기 때문이다. 한 귀로 듣고 한 귀로 흘릴 수 있는 마음의 근육이 두꺼워진 것이다.

너는 높은 사람이 되어라 같은 무형의 사회적 압박에도 자유로울 수 있다. 이건 사회 구조와 유교적인 한국 문화가 개인에게 강요하는 신호, 즉 사회의 이데올로기를 알아차리는 과정이다. 주류 이데올로기는 공부 열심히 하고 시험 잘 봐서 좋은 대학 가라, 돈 많이 버는 직업을 가져라, 타인이 부러워할 만한 직업을 가져라, 결혼하고 좋은 집 가지고 부유하게 살아라, 라고 말한다. 이데올로기가 말하는 대로 되고 싶다고 느끼고 있거나, 반대로 잘 안 됐고 불안감을 느낀다면, 그 이데올로기의 내용을 관조해 보자. 이데올로기가 나에게 어떻게 작용하는지 조금이나마 알아차릴 수 있다.

알아차리지 못할 때, 개인은 사회와 이데올로기에 끌려다닌다. 내가 원하는 삶이 아니라, 부모가, 사회가, 대타자가 원하는 삶을 살아가게 된다. 이데올로기가 주입한 삶을 살게 된다. 그러면 훗날 공허해진다. 만들어진 삶만 살았다는 걸 인지하는 순간.

일체유심조. 내 마음이 준비가 돼 있고 훈련이 돼 있으면, 외부의 어떤 자극이 와도 진짜 내 마음을 알아차릴 수 있다. 상처를 덜 받는다. 자존감이 높아진다. 자존심은 옅어지고, 평정심이 유지된다.

석가모니는 감각기관과 감각적 욕망에 대해 철학적으로 고찰했다. 당연한 것처럼 느껴지는 사실에서 지혜를 읽었다.

"아난다여, 다섯 가지 감각적 욕망의 대상이 있다. 그 다섯은 어떤 것인가?

보는 주관眼에 의해 분별되는 마음에 들고, 사랑스럽고, 매력적이고, 귀엽고, 즐겁고, 매혹적인 형색色,

듣는 주관耳에 의해 분별되는 마음에 들고, 사랑스럽고, 매력적이고, 귀엽고, 즐겁고, 매혹적인 소리聲,

냄새 맡는 주관鼻에 의해 분별되는 마음에 들고, 사랑스럽고, 매력적이고, 귀엽고, 즐겁고, 매혹적인 향기香,

맛보는 주관舌에 의해 분별되는 마음에 들고, 사랑스럽고, 매력적이고, 귀엽고, 즐겁고, 매혹적인 맛味,

만지는 주관身에 의해 분별되는 마음에 들고, 사랑스럽고, 매력적이고, 귀엽고, 즐겁고, 매혹적인 촉감觸, 아난다여 이들이 다섯 가지 감각적 욕망의 대상이다.

아난다여, 이들 다섯 가지 감각적 욕망의 대상을 의지하여 생기는 즐거움과 기쁨을 감각적 쾌락欲樂 이라고 부른다."

– 이중표 역해,《정선 맛지마 니까야》, 불광출판사, 2020년, 415~416쪽
※ 이해를 돕기 위해 필자가 문단을 나눴다. '아난다'는 석가모니의 10대 제자 중 1명이다.

경제적 자립 그 이상:
기본소득

기본소득에 대한 관심이 높아지고 있다. 하지만 아직 실제 정책으로 정착되고 있지는 못하다. 실험적으로 기본소득과 비슷한 사업을 추진한 사례는 꽤 있다. 성남시와 서울시에서였다. 두 전직 시장은 청년을 대상으로 지급한 낮은 수위의 기본소득 사업을 혁신적으로 시행했고, 성과를 거뒀다. 시민들로부터 많은 호응을 받았다. 혁신사업으로 좋은 평가를 받았다.

전문가에 따르면, 기본소득의 요건은 보편성, 무조건성, 충분성 등이다. 추가적으로 정기성, 현금성, 개별성도 요건에 들어간다.

기본소득은 누구나 모두가 받을 수 있어야 한다. 보편성이다. 또 조건에 따라 선별되지 않아야 한다. 누구는 받고 누구는 받지 못하는 것은 기본소득이 아니다. 시민이라면 조건 없이 받을 수 있어야 한다. 무조건성이다. 또 충분해야 한다. 기본소득도 소득임에 따라 이 소득으로 일상생활을 할 수 있을 정도여야 한다. 한 달에 10만 원으로 생활이 가능하겠는가. 충분성이다.

정기성은 정기적으로 소득이 지급돼야 한다는 것이고, 현금성은 현금으로 지급해야 한다는 뜻이다. 개별성은 가족 단위가 아니라, 개인별로 지급해야 한다는 의미다.

이 기준으로 보면, 완벽한 기본소득은 세상에 없다. 기본소득의 이념형 또는 정의일 따름이다. 현실에서 특히, 지자체나 정부가 기본소득 사업을 실시한다면, 조금씩 또는 많이 변형될 수밖에 없다.

서울시에서 일하던 시절, 청년기본소득 실시 여부에 대해 깊이 토론했다. 기존 청년수당을 청년기본소득으로 확대시키기 위한 방안을 청년수당 담당 팀장으로서 고민할 수밖에 없었다. 시장님의 업무 지시이기도 했다. 청년수당을 청년기본소득으로 확대시킬 것.

서울 청년수당은 중위소득 150% 이하이고, 만 19~34세 서울 거주자이면서, 학업 중이지 않은 미취업 청년에게 월 50만 원을 최대 6개월 동안 현금으로 지급하는 사업이었다. 요건을 많이 낮추기는 했지만, 보편적이지 않았고 무조건적이지 않았으며 충분하지도 않았다. 기본소득 요건에 미치지 못했던 것이다. 하지만 시중에서는 청년수당을 청년기본소득으로 해석했다. 기본소득을 지향하는 사업이었기 때문이다.

청년기본소득을 실시하기 위한 토론에서, 주요한 논쟁지점은 기본소득이 소득과 자산의 양극화를 개선할 수 있는가, 였다. 아무래도 전통적인 진보좌파적 입장에서 보면, 정부 또는 지방정부 정책이 양극화를 해소할 수 있어야 하는데 기본소득이 이에 부합하는가, 라는 논쟁점이 있었다. 기본소득은 부자이든 아니든 모든 사람에게 지급하는 것이므로 하후상박의 개념은 아니다.

기본소득은 양극화를 완벽히 해결하지 못하지만, 그렇다고 양극화를 완화하지 않는 것도 아니다. 오히려, 행정적 절차를 간소화하는 장점은 있다. 선별하는 과정이 없으니 행정비용을 낮출 수 있다. 혁신적인 사업이고 국민 체감도가 높은 사업으로서, 사업 집행의 효율성 측면에서 충분히 시도해 볼 수 있는 정책이다.

우리는 코로나19 감염병으로 고통을 받았다. 목숨을 잃는 사람도 있었고, 경제활동은 제약을 받았다. 모두가 어려웠다. 이때 국민은 재난지원금이라는 기본소득성 사업의 혜택을 체험했다. 긴급재난지원금이 몇 차례 지급됐는데, 이 중 전 국민에게 지급했던 사례가 있다. 가구 기준으로 모든 국민에게 몇십만 원에서 최대 100만 원씩 재난지원금을 지급했다. 지역화폐라는 방식으로도 지급돼, 재난지원금이 지역에 환류할 수 있는 체계를 만들었다. 지자체가 이미 추진했던 사업 방식이었다.

기본소득 논쟁은 지금까지 현학적으로 이뤄진 게 사실이다. 기본소득을 주장하는 학자와 전문가가 오히려 고집스러운 면이 있었다. 유연하지 못했다. 기본소득이 선이고, 아닌 것은 악으로 규정하는 듯한 모습도 보였다. 그럴 필요 없다. 세상에 완벽한 건 없다. 기본소득도 지역별로, 시기적으로 현실에 맞게 달리 적용될 수밖에 없다.

서울시에서 청년기본소득 논쟁을 할 때, 나는 당시 정책보좌관에게 기본소득도 좋지만 한 번에 대대적으로 시행하면 예산이 많이 들기 때문에, 서울시 25개 자치구 한두 곳에서 기본소득 시범사업을 실시해야 한다고 제안했다. 지역 기본소득을 실시할 계획이 있는 자치구와 협업해서, 해당 구에 거주하는 청년 또는 어르신, 소상공인 등 특정 계층을 대상으로 먼저 소규모 기본소득 사업을 실시해 보면 좋았을 것이다. 결과적으로 당시 서울에서 지역 기본소득 사업은 실시되지 못했다.

서울에 사는 모든 청년에게 기본소득을 지급한다면, 천문학적인 예산이 든다. 2024년 3월 기준, 서울에 거주하는 주민등록인구 중 20~29세 인구는 총 134만 8,801명이다. 이들 모두에게 월 50만 원씩 6개월간 지급한다면, 연간 예산 4조 464억 원이 필요하다. 134만 명에게 1인당 연간 300만 원을 지급한다 해도, 연간 4조 원이 드는 것이다. 엄청난 금액이다. 지자체 단위에서는 쉽게 편성할 수 없는 규모다.

일부 기본소득 전문가는 기본소득을 즉시 도입해야 한다고 하면서, 예산을 몇십조 원 투입하면 된다고 말한다. 토론 때 참여한 전문가도 그랬다. 그렇다면, 이 재원을 어떻게 마련할 것인가. 중장기적으로는 충분히 사회적으로 논의해 볼 수 있는 금액이지만, 당장 지자체 단위에서 도입하기에는 행정적으로 예산 마련이 쉽지 않은 게 현실이다. 그렇다고 실현 못 할 건 없다. 현실에 맞게 잘 만들어 나가면, 충분히 실현 가능한 방식이 도출된다.

국민 전체, 서울시민 전체, 서울 20대 청년 전체에게 연간 수백만 원의 기본소득을 지급하자는 논의는 중장기적으로 고민해 봐야 할 몫이다. 단번에 모든 걸 다 할 수는 없다.

그래서, 필요할 때 전 국민에게 일회성으로 재난지원금을 1인당 20만 원 지급한다든지, 소비 활력이 떨어졌을 때 민생지원금을 지급한다든지, 특정 연령대 사회 진입을 앞둔 청년에게 지역화폐로 기본소득을 지급하거나, 시군구 단위에서 농민이나 소상공인 같은 특정 계층을 우선 대상으로 사업을 시행해 볼 수 있다. 시범적이면서도 혁신적인 시도가 많이 있어야 한다. 그래야 다양한 모델이 만들어진다. 지역에서부터 많은 시도가 있어야 한다.

기본소득과 같은 정책이 정착해야 하는 이유는 바로 개인의 경제적 자립의 기반을 만들기 위해서다. 시민으로서 각자가 경제적 자립을 이루는 건 삶 속에서 매우 중요한 일이다. 경제적 자립은 삶의 첫 번째 과제다. 경제적 자립이 되지 않고서는, 제대로 살 수 없다. 스스로 의식주 문제를 해결하는 일이다.

 일정 교육을 받고 학교를 졸업한 후에, 누구든지 일정 소득을 올리고 소득으로 소비하고 삶을 영위할 수 있어야 한다. 자본주의 사회에서는 이 책임을 각 개인과 가정에 대부분 맡기는데, 공공적 지원이 부족하면 사각지대가 생긴다. 국민기초생활보장과 근로장려금, 고용보험, 아동수당, 기초노령연금, 청년수당 등 다양한 제도로 보완하고 있지만, 사회안전망이 중산층까지 혜택으로 돌아가기에는 저변이 넓지 못하다. 사회보장제도를 보편화하는 것에 대한 사회적 합의도 부족했다. 쉽지 않은 일이다.

 배고프면 놀지 말고 뭐라도 해라. 돈 벌 데가 널렸다. 우리 때는 막일도 했고 나가면 할 일 없겠냐. 부모의 일반적인 말이다. 잔소리처럼 들리는 이 말이, 자본주의 이데올로기를 반영한 근본적인 논리다. 밥벌이는 개인이 알아서 해야 한다는 것이 자본주의 사회에서 보편적 사고다. 현실이다. 가난은 나라님도 구제를 못 한다고 하지 않은가.

 하지만 바뀔 수 있지 않을까. 기본소득이 이러한 상상력을 제공한다.

경제적 자립을 위한 기본소득이 필요하다. 한 번에 많은 금액을 지급할 수는 없다. 천문학적인 자금이 필요하기 때문이다. 현실적으로 예산은 한정돼 있다. 세수를 늘리면 된다고 하지만, 세금 인상에 대한 조세저항도 크다. 보유세와 양도소득세 같은 부동산 세금을 잘못 인상하면 정권도 뺏긴다.

그래서 재난지원금, 민생지원금처럼 낮은 단계의 기본소득부터 제도화시키는 게 중요하다. 우리는 코로나19 재난지원금을 경험한 국민이다. 우리나라에서 재난지원금이 기본소득의 출발점이었다. 한국의 기본소득은 코로나19 재난지원금 지급의 전과 후로 나뉜다고 해도 과언이 아니다. 체험을 한 것과 체험해 보지 못한 것은 하늘과 땅 차이다.

연간 25만 원부터 시작해 보자. 전 국민 1인당 25만 원 기본소득에는 약 13조 원이 든다. 13조 원은 국가재정에서 충분히 감당 가능하다. 2024년 정부 지출 예산은 약 656조 원이다. 예산 구조 개편으로 13조 원은 충분히 마련할 수 있다. 1인당 25만 원 기본소득 지급을 제도화하고, 사회적 합의에 따라 향후 늘려나가는 방안을 수립하면 점진적으로 확대할 수 있다. 특정한 상황이 발생할 때 지급할 수도 있다. 심각한 전염병이 발생하거나, 민간소비가 특정 기간 기준 수치 아래로 떨어지거나. 방안은 여러 측면에서 만들면 된다.

기본소득은 시민 개개인의 경제적 자립의 기반이 된다. 연 25만 원으로는 충분하지 못하고 무한정 늘릴 수도 없겠지만, 일정 수준에서 정부가 지원하는 기본소득으로 시민은 삶의 안정감을 찾을 수 있다. 경제적으로 쪼들리지 않을 정도의 최소한의 소득. 얼마로 정의해야 할지 추가적인 논의가 필요하지만, 최저임금의 절반 정도로 정의할 수 있지 않을까.

당장 노동의 압력에서 벗어나고 경제적 압박감에서 자유로워지면, 자신이 하고 싶은 일, 사업, 학업, 사회적 활동을 펼칠 수 있는 기회가 된다. 기본소득은 기회의 다른 말이다. 특히, 소득을 충분히 올리기 힘든 사회초년생과 노년층에게 효과가 높다. 고소득을 올리기 어려운 사회적 약자층에게도 기본소득은 좋은 사업이다.

경제적으로 자립해야, 한 사람의 시민으로서 심리적 자립을 꾀할 수 있다. 경제적 자립을 이루지 못하면, 심리적 자립은 언감생심. 경제적으로 자유로워지면, 내가 진짜 원하는 욕망을 찾는 사유를 시작할 수 있다. 경제적 부담에서 떨어져 사유할 수 있다. 그러면 대타자로부터 강요받지 않는 나의 진짜 마음과 생각, 욕구를 찾을 수 있다. 기본소득은 시민에게 철학적 사유를 선물할 수 있다.

경제적 자립과 심리적 자립에서부터, 정치적 자립도 상상할 수 있다. 정치적 자립은 피선거권에 도전할 수 있는 여유를 가져보는 것이다. 시민이면 누구든 피선거권이 있다는 것은 교과서에 있는 권리다. 하지만, 이 권리를 행사하려는 사람은 생각보다 적다. 정치에는 관심이 있지만, 내가 직접 출마하기에는 부담되고 힘들다. 돈도 많이 든다. 그러기에 돈 있는 사람이 피선거권을 가질 확률이 높아진다. 그러면 민주주의는 멀어진다.

시민이 정치적 자립의 권리를 가질 때, 시민이면 누구나 선거에 도전할 수 있다. 경제적 토대가 그래서 중요하다. 경제적 자립이 심리적 자립의 기반이 되고, 경제적 자립과 심리적 자립이 정치적 자립의 토양이 된다. 그 토양을 다지기 위해 공공이 기본소득을 제도화하고, 기본소득과 비슷한 경제적 자립을 향상시킬 수 있는 제도를 정착시켜 나가야 한다.

오래된 관념 극복하기

진보에 대한 막연한 관념이 있다. '부자에게 세금을, 서민에게 복지를'이라는 구호처럼, 부유층으로부터 세금을 많이 거둬서 공공재정을 확충하고 저소득층에게 복지를 확대하는 것이다. 자산과 소득 영역에서 계층 간 형평성을 확보하는 가장 전통적인 관념이다.

현실에서는 일정 부분 형평성 키 맞추기가 달성되고 있다. 대체적으로 근로소득자의 절반은 소득세를 납부하고 있고 절반은 납부하지 않고 있다. 소득세를 내지 않는 계층의 임금이 그만큼 과세표준에 미달하고 있기 때문이다.

그러니 세금을 내고 싶어도 내지 못한다. 고소득자일수록 소득세도 많이 낸다. 누진세다. 근로소득세 최고세율은 2024년 4월 현재 기준 과세표준이 10억 원 초과일 경우 45%로 매겨진다. 과세표준과 최고세율이 높아지고 있는 추세다. 그만큼 초고소득자가 번 만큼 세금을 더 납부하는 것에 대해, 사회적 거부감은 덜하다.

　재산세와 양도소득세, 부가가치세 같은 세금도 결국 있는 사람들이 더 내게 된다. 누진세율이 적용되는 경우도 있고 아닌 경우도 있지만, 토지와 주택, 건물 등 많은 자산을 가지고 있으면 그만큼 재산세를 많이 내고, 시세 차익을 내는 경우도 차익에 대한 소득세를 낸다. 부가가치세의 경우도, 많은 재화와 용역서비스를 구매하는 사람이 더 많이 납부하게 된다. 부가가치세는 누진세는 아니지만, 물건값이 높아지면 10%의 비율이 매겨지는 만큼 세금 액수를 더 내게 된다. 반대로 구매를 상대적으로 적게 하는 사람은 세금을 적게 낸다.

　세금으로 정부 재정이 확충되고, 정부는 복지예산을 포함해 재정을 지출한다. 재정지출을 통해 세금을 납부하지 못한 사람도 혜택을 받는다. 물론, 세금을 낸 납세자도 재정지출의 혜택을 받는다. 자본주의 사회에서 임금 또는 소득이라는 1차 분배를 하고, 공공이전소득이라는 2차 분배를 통해 1차 분배에서 발생하는 격차를 줄이는 것이다. 버는 만큼 내고, 시민으로서 받을 혜택은 동일하게 받는 구조다. '부자에게 세금을, 서민에게 복지를'이라는 전통적 개념이 완전하지는 않지만, 일부는 이미 실현되고 있다.

하지만 부족하다. 완벽한 사회는 없다. 그래서 우리나라 진보좌파는 북유럽식 사회민주주의를 꿈꿔왔다. 이른바 스웨덴 모델이다. 일반적으로 말하면, 스웨덴식 복지국가는 세금을 많이 내고, 복지혜택도 많이 받는 체계다. 고비용, 고복지 구조다. 쉽게 말해 버는 돈의 절반 이상을 세금으로 내면, 사회안전망을 비롯한 보편적 복지혜택을 받는다. 복지도 선별적으로 지원되는 게 아니라, 보편적으로 지원된다. 모든 시민이 혜택을 누린다. 개념적으로 볼 때 좋은 사회, 살고 싶은 사회다.

연금과 의료, 고용, 교육, 주거 등 공적 서비스가 보편적으로 지원되는 나라. 은퇴 후 충분한 연금이 나오고, 건강을 위해 치료를 받을 때 돈이 많이 안 들고, 일자리가 없어도 실업급여가 나오고, 대학교육도 무상으로 제공되는 나라. 집을 투기의 대상으로 보지 않고 집을 소유하지 않더라도 주거안정을 누릴 수 있는 나라. 이상적인 꿈같은 나라 아닌가.

시기별, 상황별로 조금씩 달라지고는 있겠지만, 스웨덴과 핀란드, 덴마크 같은 북유럽 국가가 이상적인 복지국가에 가깝게 운영되고 있다. 우리나라 진보좌파는 북유럽식 사회민주주의를 모델로 꿈꿨다. 하지만 애석하게도 우리나라에서는 적절히 실현되지 못했다.

일부 영역에서는 보편적 복지가 실현되고 있지만, 다른 영역에서는 실현되지 못하고 있다. 선별적으로 이뤄지고 있다. 사회적,

정치적 합의가 안 되었기 때문이다. 그만큼 다른 생각을 하고 있는 사람이 많다는 방증이다. 다른 생각이 많다는 현실을 받아들여야 한다.

나도 이러한 보편적 복지 확대와 북유럽식 사민주의 실현을 전통적으로 꿈꿔왔다. 하지만 지금은 그렇지만은 않다. 지금은 우리 사회와 국민적 합의 정도에 맞게 현실적이고 실용적으로 접근해야 한다고 생각한다. 스웨덴과 우리는 다르다. 인구 규모도 다르고 지리적 위치와 살아온 역사, 국가 내부의 정치 지형도 모두 다르다. 똑같이 적용할 수 없다. 오히려 해외 사례를 작위적으로 적용하면 부작용만 생길 수 있다.

우리나라에는, 사회적 합의를 기반으로 한 중부담 중복지 모델이 합리적이다. 지난 2022년 대선 이후 이러한 생각을 더 깊이 하게 됐다. 시류에 따라 오래된 진보적 관념을 극복할 필요가 있다.

박근혜 대통령 탄핵 이후, 정권이 교체됐다. 문재인 정부는 많은 일에 성과를 거뒀다. 안정적인 경제성장, 대통령의 외교적 성과와 국격 상승, 남북 화해, 비정규직의 정규직화 모색, 사회안전망 확대 노력, 민주적 정부 운영 등 많은 영역에서 잘했다. 그래서 집권 기간 내내 문재인 대통령은 40% 중후반에서 50%대 지지율을 유지했다. 하지만 한 가지, 부동산에서는 국민의 신뢰를 받지 못했다.

　문 정부 기간 중에 집값이 폭등했다. 코로나19 감염병 대응을 위한 재정 확대와 저금리 기조에 따라 전 세계적인 현상이긴 했지만, 집값이 상상 이상으로 상승했다. 당시 정부는 집값을 잡겠다고 호언장담하며 수십 차례 부동산 안정 대책을 발표했지만 무용지물이었다. 정부 대책을 비웃기라도 하듯, 집값은 계속 올랐다. 집권이 마무리되어 가던 시기, 몇 개월을 남겨두고 하락하기 시작했을 뿐이다.

　많은 이들이 정부의 부동산 대책에 실망했다. 집을 가진 사람들은 부동산 투기세력이라는 낙인, 보유세 인상, 공염불인 정부 대책에 대해 분노했다. 집 없는 사람들도 집값 폭등에 따른 전월세 폭등 문제에 대해 정부를 비판했다. 유주택, 무주택 양 계층에서 모두 신뢰를 잃었고, 다시 정권교체 됐다.

　되짚어 봐야 한다. 부동산 가격 안정과 재정 확충, 조세 형평성 달성을 위해, 보유세 인상이 어떤 효과를 거뒀을까. 부동산 안정을 위한 다양한 정부 대책이 결과적으로 부동산 가격을 안정시켰을까. 정부가 발표한 대책이 국민적 신뢰를 받았을까. 당시 정부가 부동산 투자 열풍이라는 현실을 부정했고, 국민의 현실적인 욕망을 무시한 것은 아닐까. 성찰하고 반성해 보면, 향후 대응 방안이 나온다.

결과론적으로 보유세 인상은 부동산 가격 안정화에 큰 효과를 거두지 못했다. 오히려 세금 인상에 대한 거부감, 조세저항만 불러일으켰다. 조세저항이 커지면 재정 확충도 어렵다. 세금을 내기 싫어하는데 재정을 어떻게 불릴 수 있겠는가.

부동산 세금 인상이 부동산 가격 안정화를 이끌기는 어렵다. 부동산 가격은 정책 변수보다, 경기와 금리 같은 더 거시적인 변수에 따라 순환한다고 알고 있다. 집값은 거시 경제의 영향을 더 크게 받는다. 금리, 통화량, 세계 부동산 경기 등에 영향을 받는 부동산 가격을 단기적인 정부 대책이 제어하기 힘들다. 이 부분부터 인정하고 들어가야 한다. 정부가 집값을 반드시 잡겠다고 말하면, 오만하게 들린다.

이처럼 정부 대책으로 부동산 가격이라는 큰 배를 바로 돌리는 건 어렵다. 다만, 무주택자의 주거안정과 공공주택 확충을 위해 미리 대비하겠다, 이런 방식으로 국민에게 솔직하게 설명하는 게 어땠을까. 아쉬운 마음이 든다.

부동산 세금 인상으로 집값을 잡겠다는 정책목표를 설정하는 것에 신중해야 한다. 부동산 가격 안정화는 조세 정책이 아니라, 다른 거시적인 방안을 수립해 이끄는 것이 더 근본적이고 현실적이다.

국민 설득 없는 세금 인상은 조세저항만 불러일으키고 정책 동력을 상실하게 만들 수 있다. 부득불 인상해야 한다면, 최소한 국민적 동의를 구한 후에 검토해야 한다. 전제는 대다수 국민의 찬성이다. 국민투표도 의사결정을 위한 좋은 방법이다.

많은 국민이 주택과 아파트 매매를 자산 증식의 주요한 수단으로 삼고 있다는 현실을 받아들여야 한다. 현실을 인정하고, 실용적으로 접근해야 한다. 정무적으로도 필요한 사고의 전환이다.

집은 사는buy 것이 아니라 사는live 곳이라는 전통적인 진보적 관념에서도 탈피해야 한다. 집은 살기도 하고 팔기도 하는 것이다. 실질적 노동소득 상승이 제한적인 상황에서, 어쩌면 부동산 매매를 통해 자산을 증식할 수밖에 없는 현실이 있다. 부동산 매매로 돈을 벌지 않고서는 자녀 교육과 생활비, 여가생활, 노후 대비를 할 수 없는 강퍅한 현실 말이다.

어린이집에 다니는 자녀 1명을 두고 있는 30대 중후반 부부가 7억짜리 서울 아파트를 5억 빚을 내서 매입했다고 가정해 보자. 본인들이 가진 기존 자산 2억에 주택담보대출 4억, 신용대출 1억을 합쳐서, 단란한 아파트 하나를 생애 최초로 마련했다.

연 이자율은 4.5%다. 단순 계산 해서 5억에 4.5% 이자면, 부부는 연간 2,250만 원을 은행에 이자로 납부해야 한다. 한 달로 따지면 187만 원 정도다. 생각보다 큰돈이다. 부부가 맞벌이해서 월 700만 원을 실수령한다고 해도, 190만 원 정도 되는 돈은 크다.

5억을 1년 거치, 연 이자율 4.5% 고정금리로 30년 원리금균등 상환 한다고 하면, 2년째부터는 총 257만 원을 30년 동안 매월 납부해야 한다. 월 257만 원을 30년 동안 꼬박꼬박 낼 수 있는 사람이 얼마나 될까. 사실 많지 않다. 낸다고 해도, 생활이 너무 힘들어질 것이다.

그나마 부부가 매입한 아파트값이 지속적으로 오르면 버틸 만하다. 몇 년 살다가 정 힘들면 집을 다시 팔면 된다. 집값이 매입했을 때 7억에서 9억으로 올랐다면, 팔아서 빚을 갚거나, 그 차액으로 다른 아파트를 사서 갈 수도 있겠다. 그러면 부담이 덜하다. 하지만 집값이 안 오르거나, 오히려 떨어진다면? 부부는 집을 못 팔거나, 손해를 보고 팔아야 한다. 팔지도 못하면 부부의 삶은 정말로 은행에 저당 잡히게 된다.

근본적으로는 너무 비쌀 때 대출받아 집을 사지 않았다면 더 좋았을 텐데, 계속 오르는 집값에 불안해 버티지 못한 현실이 존재한 것을 어찌하랴. 시대적 상황이었지, 누구의 잘못도 아니다.

사회과학 용어로 구성의 오류가 있다. 모두 앉아서 스포츠 경기를 보고 있는데, 더 잘 보기 위해 맨 앞줄에 몇 명이 일어났다. 그러면 앞이 안 보이기 때문에 둘째 줄, 셋째 줄 사람도 차례로 일어나서 봐야 한다. 급기야, 맨 뒷사람조차 일어나지 않으면 경기를 볼 수 없는 상황이 벌어진다. 이것이 구성의 오류다. 한두 사람이 하게 되다가, 모두 하게 되는 상황. 각 개인은 합리적이고 이성적인 판단을 해서 결정하는데, 사회 전체로 봤을 땐 좋은 결과가 도출되지 못하는 모순된 상황을 일컫는다.

집값이 오를 때 개인 또는 여러 사람이 오른 집을 안 사면 집값은 더이상 오르지 않거나 횡보하게 된다. 하지만, 더 오를 것에 불안해서 조금씩 값을 올려서 사면 전체 집값이 오른다. 그러면 개인은 또다시 대출을 더 받거나 더 높은 가격을 주고 집을 사야한다. 구성의 오류다. 저출생, 사교육비 현상도 비슷한 양상이다.

구성의 오류는 분석의 틀이지만, 빚을 내 비싼 값 주고 집을 산 사람에게는 현실이다. 이렇게 집을 산 사람이 대부분이다. 제 돈으로 제값 주고 아파트를 산 30대, 40대는 많이 없다. 대부분 집값의 절반 이상을, 70~80%까지 빚을 내서 집을 샀다. 향후 집값이 올라야 한다는 기대를 갖고 있다. 상황이 이러한데, 집값이 떨어지면 어떻게 되겠는가. 집값을 떨어뜨리는 정책을 무리하게 펼치면 어떻게 되겠는가. 이들은 이런 정부를 신뢰하지 못할 것이다. 정부에 분노할 것이다.

주택 문제를 해결하기 위해서는 집값이 중장기적으로 하향 안정화돼야 하는 게 맞다. 특히, 서울과 수도권에서는 소득 대비 너무 비싼 집값 때문에 저출생과 인구감소가 지속되고 있다. 중장기적인 구조적 대책과 사회구성원의 단기적인 삶의 욕구를 모두 잘 고려해야, 국민의 지지를 유지한 채 안정적으로 정책을 풀어나갈 수 있다. 아무리 필요하고 합리적인 대책이라고 해도, 감정적으로 거부감이 드는 대책은 효과를 거두기 힘들다. 한국 사람에게 부동산은 합리적이면서도 감정적인 문제다.

집이 여러 채 있고 자산도 꽤 있는 사람도 걱정하듯 말한다. 비싼 집값 때문에 젊은 사람이 결혼을 안 하고 애도 안 낳는다, 청년들 살기 힘들다고. 그래서 본인이 가진 집값이 떨어지는 것에 동의하느냐 되물으면, 그렇다고 대답할 사람이 있겠는가. 없을 것이다.

어려운 지점이다. 비싼 집값 문제도 해결해야 하고, 과도한 부채 문제도 해결해야 한다. 주택 소유와 자산 유지에 대한 욕망도 현실적으로 인정해야 한다. 비싼 집값이 사회 구조적으로는 큰 문제를 일으키고 있지만, 집 가진 개인은 자산의 대부분인 집값이 떨어지길 바라지 않는다. 지금 집이 없는 사람도 나중에 집 사서 자산을 축적하고 싶어 한다.

딜레마다. 딜레마적인 현실을 받아들이며 문제를 서서히 풀어나갈 수밖에 없다. 국민적 동의도 서서히 만들어 나가야 한다. 인위적이고 급격한 변화는 또 다른 사회적 부작용을 일으키기 때문이다.

무리하게 집을 사면 안 된다는 것은 기본적인 명제이겠지만, 현실적으로 많은 빚을 지고 집을 산 사람과 집값이 오르면 좋겠다고 욕망하는 사람이 많다는 점을 명확히 인지해야 한다. 그것이 현실 감각이다. 현실을 고려하지 않고 정책을 시행하는 게 탁상공론이다. 주택 소유와 집값 상승에 대한 욕구 그 자체를 인정하는 것에서부터, 주택정책은 시작돼야 한다. 정책은 실사구시다.

　주택, 특히 아파트가 주거 용도이면서 자산 증식의 주요한 수단이라는 점을 현실 그대로 인정하고, 집값 안정화를 실용적인 측면에서 바라봐야 한다. 집값 상승의 기대감을 부정해서도 안된다. 과도한 세금 인상 이슈도 조심스럽게 다뤄야 한다. 섣불리 인상하면, 국민적 반감이 늘어나고 정책 신뢰를 잃을 수 있다.

　그렇다고 주거안정 대책에 손 놓고 있자는 말은 아니다. 인위적인 부동산 가격 부양책을 쓰자는 말도 아니다. 부동산에 대해 국민이 인식하는 부분을 현실적으로 인정하면서, 양질의 공공임대와 공공분양 주택은 도심을 중심으로 획기적으로 확대하는 양면 전략을 취해야 한다. 무주택자에 대한 주거비 지원 또는 부담 완화도 충분히 이뤄져야 한다. 시민이라면 최소한 월세 부담 없이 거주할 수 있어야 한다.

　저소득층뿐 아니라 중산층 무주택자라도, 원한다면 10년 또는 20년 이상 장기 임대주택에 언제든 거주할 수 있게 해야 한다. 민간영역은 시장에 맡기되, 공공영역의 역할은 더 확대해야 한다.

　부동산과 주택정책은 중장기적이고 구조적으로 미리 대비해 실행해야 한다. 대증요법을 쓰면 대처하기 어렵다. 정책 실행 이전에 현실감각은 기본이다. 국민 생각보다 반보半步만 앞서가는 실용성을 가져야 한다. 그래야 좋은 정책이 지속 가능하다.

나의 경험에서, 자존감

짧지 않은 기간 살아왔던 삶과 일, 직업, 견해, 작은 깨달음을 여러 측면에서 이야기했다. 어릴 적 삶에서부터 부모 이야기, 내가 겪은 직업 이야기, 삶 속에서 느꼈던 순간의 이야기, 나를 보는 철학과 관련 책에 관한 이야기, 정책적 차원의 이야기를 풀었다. 여러 차원을 오갔다.

하나의 줄기는 자존감이다. 한 주체가 자존감을 갖기 위한 과정을 내 관점에서 풀어보고 싶었다. 지금까지 살아왔던 과정, 그 속에서 스스로 고찰해 왔던 생각, 여러 가지 선택과 성찰, 반성, 마음 알아차리기. 모두 나의 자존감이 높아지는 과정이었다.

내 경험을 거울삼아 보면, 자존감은 무엇보다 나를 있는 그대로 들여다볼 수 있는 감각에서부터 찾을 수 있다.

찬찬히 들여다보기 위해 우선, 어렸을 때 커온 가정환경을 반추해 보자.

나는 누구로부터 어디에서 태어났나. 누구의 손에 컸고 컸을 때 가정환경은 어떠했나. 경제적, 심리적으로 풍요로웠나, 그렇지 못했나. 아버지, 어머니의 성격과 성향은 어떠했나. 어떤 가정환경에 노출됐나. 그곳에서 충격적인 기억은 없었나. 어떤 주변환경에 놓여졌나. 폭력적인 환경이었나, 그렇지 않았나. 나와 아버지, 나와 어머니의 관계는 어떠했나.

내가 어렸을 때, 청소년기에 어떻게 자랐는지는 내 자존감을 인식하는 데 매우 중요한 요소다. 사람은 이성적인 의식도 갖고 있지만, 감정적이고 감성적인 무의식도 갖고 있다. 내가 인지하지 못한 상태에서 무의식이 발동할 때도 많다. 그걸 알아차리느냐 못 알아차리느냐는 내 마음을 돌보는 데 매우 중요한 부분이다. 많은 무의식이 어렸을 때 형성되는 것으로 알고 있다. 그래서 현재의 내 생각, 내 마음, 외부의 신호에 따른 내 마음의 반응, 그 반응의 원인은 많은 부분 어렸을 때 특정한 환경에 노출됐기 때문이다. 이를 반추해 봐야 한다.

어린 시절을 반추해 봤다면, 현재의 내 마음을 잘 알아차려 봐야 한다. 제3자의 관점에서 나를 돌아봐야 한다.

내가 왜 이 말을 들었을 때 기쁘거나, 화가 났지. 어떤 모습을 봤을 때 나는 왜 좋아했고, 문제의식을 느꼈지. 이때 왜 화가 났고 눈물이 났지.

어떤 신호가 나에게 들어왔을 때, 그 자체로 즉자적으로 기쁘고 좋아하고 즐겁고 욕망하고 화나고 싫어하고 불안해한다는 감정에 빠지기보다는, 감정이 왜 그렇게 느껴졌는지 잠깐이라도 관조해 보자. 내가 제3자가 되어 내 마음을 살펴보는 과정이다.

다 이유가 있다. 기쁨의 감정이 드는 내 마음의 이유가 내 마음 안에 있다. 트라우마일 수도 있고, 자격지심일 수도 있고, 열등감일 수도 있다. 우월감일 수도 있고 우쭐댐일 수도 있고 인정욕구일 수도 있다. 나의 못남을 덮기 위한 반작용일 수도 있다. 그 이유는 다 내 마음속에 있다. 그것을 찾아가는 여정이다. 나를 객관화하는 과정이다. 나만이 할 수 있다. 조용히 관조해 보기.

현실적으로 볼 때, 자존감을 갖기 위해서는 어느 정도 내가 가진 자원도 있어야 한다.

물질적, 비물질적 자원 모두를 포함한다. 일정한 자산과 소득이 있어야, 내가 자유로울 수 있다. 자본주의 사회에서 내가 사는 모든 것이 비용이다. 어쩔 수 없다. 물질적인 부담에서 자유롭고 내가 원하는 것을 얻고 내가 하고 싶은 일을 하기 위해서는, 내가 가진 무엇인가가 있어야 한다. 그렇지 않으면 물질에 끌려다닐 수밖에 없다. 누군가에게, 어떤 상황과 환경에 끌려가면 자립할 수 없고, 자립할 수 없으면 자존감을 가질 수 없다.

어려운 일이다. 그래서 개인에게 최소한의 소득을 보장하는 사회적 논의가 필요하다. 기본소득이라는 말을 붙여도 좋고 다른 말을 붙여도 좋다. 민주공화정에서 한 주체로 살고 있는 모든 시민이 물질적으로 먹고사는 문제로부터 작게나마 자유를 부여받을 수 있어야 한다. 시민으로서 최소한의 권리다. 물질로부터의 최소한의 해방이다.

이러한 상상은 자본주의 사회라 할지라도 충분히 실현 가능하다. 공공과 정부가 할 일이다. 어느 정도만큼 물질적 자유를 보장해 줘야 하는지는 사회적 합의, 즉 정치를 통해 도출해 나가야 한다.

개인적으로는 일하는 역량을 계속 쌓아나가야 한다.

개인적인 역량을 무시해서는 안 된다. 역량이 있으면 일을 잘하고, 일하면서 자부심과 자존감이 높아진다. 모든 게 사회 구조의 잘못이고, 남 탓해서는 안 된다. 내가 오롯이 서 있어야 사회 구조를 제대로 인식할 수 있다. 그러기 위해서는 나의 지식, 지혜, 역량이 있어야 한다.

일하면서 지식과 지혜, 역량을 쌓을 수 있다. 일하면서 내 역량을 늘려나가면 돈도 더 잘 벌 수 있고, 그곳에서 자신감을 획득할 수 있다. 더 적극적으로 직업에 임해야 한다. 뒤로 뺄 필요 없다. 잘못하면 잘못하는 대로 인정하고 더 배우면 된다. 잘하고 더 잘하는 대로 일하면, 역량은 더 배가된다. 열린 마음으로 긍정적으로 일에 임해야 한다.

한다고 하면 백 가지 이유를 찾을 수 있다. 하기 싫으면 안 되는 이유도 백 가지를 만들 수 있다. 모두 마음먹기에 달린 것이다. 하고자 한다면 할 수 있는 일은 많다. 타인으로부터 주장과 문물을 받아들일 마음을 가져야 한다. 그게 열린 마음이다. 좋은 점도 배우고 받아들이지만, 내가 잘못한 것도 지적받을 준비를 해야 한다. 열린 마음을 가지면 오히려 지적받는 걸 나의 발전으로 승화시킬 수 있다. 닫힌 마음이면 상처만 받는다.

작은 부분을 누군가 지적했다고 기분 나빠할 필요가 없다. 내가 가진 역량 내에서 잘 모르는 것은 잘 모른다고, 잘못한 것은 잘못했다고 스스로 인정하는 것은 매우 훌륭한 행위다. 아무나 그렇게 하지 못한다. 솔직하지 못하다. 아니, 솔직하지 않은 것이다. 남에게 잘못 보이기 싫어하는 자격지심 또는 인정욕구 때문이다. 마음을 스스로 들여다보지 못하기 때문이다.

마음이 단단하면, 많은 것을 받아들일 수 있다. 잘한 것도, 잘못한 것도. 편견과 선입견 없이 사람을 대하고, 나조차도 스스로 편견과 선입견이 없어진다. 사람들의 말을 꼬아서 듣지 않는다. 타인의 모습을 꼬아서 보지 않는다. 그러면 마음이 한결 편하다.

나 스스로 변화될 수 있고, 평정심을 유지할 수 있다.

타인의 시선으로부터 해방돼야 한다.

내면의 힘을 가지고 적당한 자원을 가지고 있을 때, 타인의 시선으로부터 자유로울 수 있다. 우리 인류, 호모 사피엔스는 공동체를 만들어 살아남은 종이기 때문에 근본적으로 타인과의 시선을 무시할 수는 없다. 인류학적으로 보면, 협력해서 살아남는 유전자를 갖고 있기 때문이다.

> "애를 키우려면 가족의 다른 구성원 및 이웃의 지속적인 도움이 필요하다. 인간을 키우려면 부족이 필요했고 따라서 진화에서 선호된 것은 강한 사회적 결속을 이룰 능력이 있는 존재였다. 게다가 인간은 미숙한 상태로 태어나기 때문에 교육을 받고 사회화할 수 있는 기간이 다른 어떤 동물보다 길다."
>
> – 유발 하라리, 조현숙 옮김,《사피엔스》, 김영사, 2015년, 29쪽

"호모 사피엔스는 무엇보다 사회적 동물이다. 사회적 협력은 우리의 생존과 번식에 핵심적 역할을 한다. 개별 남성이나 여성이 사자와 들소의 위치를 아는 것만으로는 충분치 않다. 그보다는 무리 내의 누가 누구를 미워하는지, 누가 누구와 잠자

리를 같이하는지, 누가 정직하고 누가 속이는지를 아는 것이
훨씬 더 중요하다."

– 유발 하라리, 조현숙 옮김, 《사피엔스》, 김영사, 2015년, 46~47쪽

유발 하라리는 《사피엔스》에서 호모 사피엔스의 원초적 특성
을 분석했다. 사피엔스는 자연에서 사회적 동물로 살아남았고 길
러졌다. 타인의 상태와 시선을 신경 쓸 수밖에 없다. 생존을 위해
서다. 하지만 그 생존 방편이 나에게는 압박이 된다. 내가 하고
싶은 대로 할 수 없다. 소위, 찍히면 죽는다는 것이다. 우리 속에
서, 타인으로부터 사랑받지 못하면 생존에 위협이 된다.

타인의 시선은 비교 의식의 원천이다. 신분으로 나와 남을 구
분하기도 했고, 직업과 계층, 소득과 자산으로 나와 남을 구별 짓
고, 남과 비교해 내가 낮거나 부족하면 주눅 든다.

남은 이렇게 사는데 나는 이렇게 살고 있다는 의식, 내가 남보
다 더 높고 잘 살아야 한다는 비교 의식. 사촌이 땅을 사면 배가
아프다고 하는 시쳇말. 실제로 나도 많이 겪어본 마음의 파도였
다. 비교 의식은 참 극복하기 어려운 말초적인 생각이다.

내가 가진 지위, 명예, 소득과 자산은 이 정도밖에 안 되는데,
내가 잘 아는 친구나 친척, 주변 사람은 이렇게 잘나간다. 나는
왜 못났나. 비교하게 되고, 비교하면 더 초라해진다. 타인과 세상

앞에서 나는 못난이가 된다. 타인으로부터 칭찬에 목말라하고, 좋은 인상을 주고 싶어 하고, 잘 보이고 싶어 하고, 심지어는 로비도 한다. 어쩌면 사람 사는 일반적인 광경일 것이다.

하지만 그렇지 않다. 나는 못난이가 아니다. 내가 부족한 게 아니다. 내 마음이 그렇게 생각한 것일 뿐이다. 실제로는 전혀 그렇지 않다. 남의 시선을 일상적으로 신경 쓰고 있고 심지어 자신 삶의 목표가 남의 시선에 좌지우지되고 있다면, 얼마나 피곤한 일인가. 얼마나 힘든가. 나는 하기 싫은데 남의 시선을 의식해 억지로 해야 한다는 건, 자아를 버리는 일과 비슷하다. 나는 나 자체로 이미 훌륭하다.

남의 시선으로부터 자유로워지기 위해서는, 내가 오롯이 서 있어야 한다. 내가 나를 알고 내 마음을 알아야 한다. 나의 마음 작용과 감정 상태의 이유와 원인을 관조해 봐야 한다. 마음의 일렁임이 어디서부터 비롯된 것일까. 과거의 어떤 나쁜 일 또는 좋은 일, 나쁜 경험 또는 좋은 경험, 부모의 어떠한 말이나 행위, 조바심 또는 불안증, 자격지심이거나 피해의식, 아니면 또 다른 원인들. 곰곰이 생각해 보고 내가 나와 떨어져서 관조하면, 환해진다. 완벽하지는 않더라도 조금은 알아차릴 수 있다. 지금의 내가 나인 것을. 그 자체로 너무나 멋진 사람인 것을.

남, 타인, 부모, 사회, 대타자의 시선으로부터 자유로워지는 것은 매우 중요하다. 타인의 시선을 의식하는 것을 줄여나가는 훈련이 필요하다. 내가 중심이다. 내 마음이 중심이다. 나의 진정한 욕망, 내가 원하는 것이 중심이다. 타인의 시선으로부터 자유로워질 때, 오히려 남, 타인, 부모, 사회, 대타자의 시선과 나에게 강요하는 것들을 제대로 알아차릴 수 있다. 그것이 나에게 강요되고 있다는 것을 내가 알아차릴 수 있게 된다. 이것을 아는 것과 모르는 것은 천양지차다. 내 마음을 관리하는 데 중요한 변수다. 타인의 시선으로부터 자유를 얻을 때, 내가 원하는 삶이 시작된다.

타인의 사랑을 갈구할 필요 없다. 굳이, 타인에게 사랑받을 필요도 없다. 사랑받고 싶다면, 내가 나부터 사랑하면 된다. 그러면 타인의 사랑을 받든 못 받든, 내가 중심이 된 나의 삶을 살 수 있다. 타인의 사랑은 충분조건이 아니다. 필요조건일 뿐이다.

그리고 나만의 견해와 가치관을 정립해야 한다.

자존감은 앞서 말한 것을 기반으로, 나만의 견해와 가치관, 철학을 가지면 더 높아지고 지속적으로 유지될 수 있다. 나는 왜 살아가는가, 나는 왜 이 직업을 가졌는가. 나는 왜 돈을 버는가. 나는 왜 결혼했고, 왜 사람과의 관계를 맺는가. 나의 목표는 무엇인가. 나는 무엇을 위해 일하고, 나는 왜 일하는가.

이러한 물음이 다 삶의 철학이다. 스스로 해답을 찾아가는 과정이기도 하지만, 반대로 나의 가치관을 갖고 살아가는 방향성을 정해가는 과정이다. 나의 견해와 가치관을 정립해 나가는 과정이 있고, 정립된 철학이 순환해 구체적인 삶을 자리 잡게 만든다. 철학과 삶이 선순환된다.

아집을 가지라는 게 아니다. 아집은 안 된다. 열린 마음을 가진다면 아집은 일어나지 못한다. 아집은 외부와의 소통을 단절한 자신만의 고집이다.

일단 나의 마음을 알고 나의 진짜 욕망을 알아차린다. 자유의지를 확인한다. 사회적, 물질적 기반을 가진 상태에서, 외부의 사회환경을 절제하면서 받아들인다. 타인의 시선에 너무 신경 쓰지 않고 타인의 말에도 즉자적으로 반응하지 않는다. 절제하면서 외부와 타인을 받아들인다. 나의 내면과 소통하면서, 외부와도 소통한다. 사회환경을 그 자체로 인정하면서, 나의 가치관을 정립해 나간다. 가치관을 정립하면 삶의 방향이 간명해진다.

가치관과 자존감은 선순환된다. 가치관이 자존감을 높이고, 높아진 자존감으로 외부와의 소통이 긴밀해지며 가치관이 재정립된다.

그리고, 여전히

자존감을 가지고 높이는 경험을 풀어서 공유하고 있지만, 여전히 나는 불안정하고 일희일비하는 존재다. 오늘도 나를 들여다보고, 오늘과 내일의 삶을 준비한다.

50만 원 때문에 마음이 일렁였다. 노동소득 외에 다른 소득을 올리겠다, 용기를 내서 홀로서기 하겠다 마음먹은 지 몇 달. 어떨 땐 희망차다가도, 어떨 땐 마냥 불안하다. 가진 자원이 부족한 게 원인이다. 다행인 건 그 불안감이 어디에서 오는지 알고 관조하다 보면, 어느새 서서히 잦아든다는 점이다.

50만 원 때문에 집을 나설 때는 불안해했고, 돌아올 때는 미소 지었다. 50만 원이 들어와야 한다. 50만 원은 나에게 이제는 큰돈이다. 이 돈으로 많은 걸 할 수 있다. 예전에는 상대적으로 크게 느끼지 못했다. 월급이 500만 원일 때 50만 원은 작게 여겼지만, 지금은 크다.

오전 10시에 들어와야 할 돈이 안 들어왔다. 2시에 들어와야 할 돈이 다시 안 들어왔다. 오후 6시에는 결단코 입금돼야 할 돈이 안 들어왔다. 조바심이 났다. 마음이 쿵쾅거렸다. 왜 안 들어왔을까. 내일 찾아가 봐야 할 거 같다. 아니면 전화를 해볼까.

예전에 아는 사람에게 200만 원을 빌려준 적이 있다. 아니 300만 원이었나. 몇 년 전이라 기억도 가물가물하다. 사실 빌려줄 때 안 받아도 상관없다고 생각하고 빌려준 돈이다. 200만 원은 적은 돈이 아니다. 한 달 최저임금 정도 된다. 어떤 경우, 힘들게 한 달 일하고 받을 정도의 금액이다.

그렇지만 그때 나는 큰돈이라고 생각하지 않았고, 안 받아도 되는 돈이라고 생각했다. 지금도 받지 않은 이 돈 때문에 힘들어하지 않는다. 괴로워하지 않는다. 그 사람과도 여전히 친하다. 상황에 따라, 내 마음 상태에 따라 달랐던 거다. 그때 200만 원은 지금 나에겐 안 받아도 되는 작은 돈인데, 지금 50만 원은 꼭 받아야 되는 큰돈이 돼버렸다.

200만 원은 안 받아도 된다고 여겼던 그 마음 넓었던 내가, 50만 원이 안 들어왔다고 이렇게 조바심을 내다니. 50만 원을 꼭 받아야 한다고 나는 생각했고, 그 시간에 꼭 들어온다고 생각했는데 내 마음먹음에 따라 외부 환경이 주어지지 못했다. 그리고 그 돈이 입금됐을 때 어디에 쓸지 계획을 세워놨는데 그것도 수포로 돌아갈 거 같았다.

마음의 파도가 일었고, 생각이 생각대로 되지 않게 되자 불안감이 밀려왔다. 불안감은 신체적으로 나타났다. 심장이 조금 빨리 뛰었고, 가슴이 싸했다. 불안할 때 생기는 상태다.

그 시각, 예전 직장동료를 즐거운 마음으로 만나고 있었는데 받지 못한 무언가 때문에 휴대폰으로 손이 자꾸만 갔다. 은행 모바일 앱을 두 번 들어갔다가 허탕 쳤다.

찰나에는 50만 원 없어도 살 수 있다, 그거 없어도 전혀 상관없다고 스스로 위안했다. 마음이 한결 부드러워졌다. 정말 그렇게 생각하기도 했으니까. 마음을 달랬다. 효과가 있었다. 좀 잊혔다. 좀 떨어져서 마음을 봤다. 그런데 50만 원은 없는 것보다는 있는 게 훨씬 나에게 좋았다.

물어봤다. 내가 잘못 알고 있었다. 50만 원은 내일 주는 것이었다. 아, 내가 잘못 알고 있었구나. 잘못된 정보로 내가 나를 괴롭혔구나. 내가 조바심을 낸 것이구나, 내가 지금 약간 몰려 있구나, 돈과 자원이 간절했구나, 알아차렸다. 그리고 저녁 공기를 마시며 집으로 돌아오는 길에, 안면에 약간의 미소를 지었다. 그렇

구나. 하루 이틀 늦게 받는다고 뭐가 문제였던가. 50만 원은 끝내
잘 받았다.

어렵다. 마음의 감정 상태를 느끼고 그 원인을 찾아나가는 과
정은 오늘도 계속된다. 조바심, 불안감, 두려움, 막막함을 느끼다
가도, 이것을 어느 땐 희망과 기대, 즐거움, 기쁨으로 덮는다. 마
음이 일렁이는 이유를 찬찬히 들여다보면 나에게 더 다가갈 수
있다. 해결됐다고 자신 있게 말할 수 있는 지경에 이르렀다고 생
각하면서도, 알기 힘든 마음이 가슴으로 밀려온다.

예전과 달라진 건 밀려오는 마음 상태를 알아차리느냐, 아니냐
의 차이인 거 같다. 잘 몰랐을 때는 그 마음에 깊이 빠졌다. 불안
감이 오면 불안해했고, 조바심이 오면 조바심냈고, 두려움이 오
면 두려워했고, 막막함이 오면 막막해했다. 하지만 지금은 다르
다. 불안감이 오면, 내가 왜 불안함을 느끼는지 나에게 물어본다.
조바심, 두려움, 막막함도 마찬가지다. 물어보면 찾을 수 있다. 처
음에는 잘 안된다. 불안함에, 조바심, 두려움, 막막함에 압도되면
생각할 틈이 없다. 그래도 물어본다. 왜 그럴까.

이유는 내면이다. 나의 마음이다. 만감이 교차하듯이 다양한 감
정 상태가 오는 것이다. 환경이 좋지 않기 때문이고, 내면이 준비
되지 않았기 때문이다. 자원이 부족하기 때문이다. 권위에 눌렸
던 경험이 내면에 일렁이는 것이다. 나보다 잘 사는 타인과 나를

비교하기 때문이다. 찾아본다. 제3자의 눈으로 마음을 관조한다. 눈을 감고 심호흡한다. 마음이 평정심을 찾는다.

내가 나에게 말한다. 네 마음의 잘못이 아니다. 다시, 마음을 알아차리고 들여다본다. 삶은 계속될 테니까.

그럭저럭
인생

초판 1쇄 발행   2024. 8. 14.

지은이 최창민
펴낸이 김병호
펴낸곳 주식회사 바른북스

편집진행 김재영
디자인 김민지

등록   2019년 4월 3일 제2019-000040호
주소   서울시 성동구 연무장5길 9-16, 301호 (성수동2가, 블루스톤타워)
대표전화 070-7857-9719 | **경영지원** 02-3409-9719 | **팩스** 070-7610-9820

•바른북스는 여러분의 다양한 아이디어와 원고 투고를 설레는 마음으로 기다리고 있습니다.
이메일 barunbooks21@naver.com | **원고투고** barunbooks21@naver.com
홈페이지 www.barunbooks.com | **공식 블로그** blog.naver.com/barunbooks7
공식 포스트 post.naver.com/barunbooks7 | **페이스북** facebook.com/barunbooks7

ⓒ 최창민, 2024
ISBN 979-11-7263-068-3 03810